Deseo®

UNA DAMA EN APUROS

Gail Dayton

HARLEQUIN®

Editado por HARLEQUIN IBÉRICA, S.A.
Hermosilla, 21
28001 Madrid

UNA DAMA EN APUROS, Nº 1261 - 3.12.03
Título original: Her Convenient Millionaire
Publicada originalmente por Silhouette Books.

I.S.B.N.: 84-671-1163-1
Depósito legal: B-44159-2003
Editor responsable: M. T. Villar
Diseño cubierta: María J. Velasco Juez
Composición: M.T. Color & Diseño, S.L.
C/. Colquide, 6 - portal 2-3° H, 28230 Las Rozas (Madrid)
Fotomecánica: PREIMPRESIÓN 2000
c/. Matilde Hernández, 34. 28019 Madrid
Impresión y encuadernación: LITOGRAFÍA ROSÉS, S.A.
c/. Energía, 11. 08850 Gavá (Barcelona)
Fecha impresion para Argentina: 18.8.04
Distribuidor exclusivo para España: LOGISTA
Distribuidor para México: CODIPLYRSA
Distribuidores para Argentina: interior, BERTRAN, S.A.C. Vélez Sársfield, 1950. Cap. Fed./ Buenos Aires y Gran Buenos Aires, VACCARO SÁNCHEZ y Cía, S.A.
Distribuidor para Chile: DISTRIBUIDORA ALFA, S.A.

Capítulo Uno

–Oye, Mike, hay una rubia en el bar –informó el camarero nocturno de La Jolie a su jefe mientras este descendía las escaleras a media noche, procedente de la oficina, con la intención de echar el habitual vistazo de reconocimiento al relativo caos del restaurante.

Mike sonrió.

–Siempre hay alguna rubia en la barra, Bruno. Generalmente, más de una. ¿Por qué debería interesarme esta en especial?

–Porque, según tengo entendido, lleva ahí sentada desde el mediodía –contestó Bruno, levantando una caja de botellas de vino.

–¿Está borracha? –preguntó Mike, detrás de él, porteando una caja de champán francés. Se ocupaba personalmente de que siempre hubiera suficientes botellas de vinos caros en el almacén.

–Creo que no. Solo ha pedido una copa de vino blanco desde que yo llegué a las siete.

–¿Dónde está?

Bruno señaló discretamente hacia una de las esquinas de la barra, donde, efectivamente, una rubia solitaria jugaba meditabunda haciendo girar una copa de vino casi vacía. Su cabello, tan brillante como el sol, le caía ondulante sobre los hombros y su rostro era bello, a pesar de que no llevaba maquillaje.

–¿Crees que puede estar intentando ligarse a un anciano millonario? –preguntó Mike, dando por supuesto que esa era la respuesta más plausible.

Las mujeres jóvenes y guapas llegaban en masa a Palm Beach, Florida, con la intención de conocer a un hombre rico en la crisis de los cuarenta, o en la de cualquier edad, o incluso a algún joven derrochador y poco avispado. Pero en el club de Mike Scott no se permitían tales juegos, que podrían poner en peligro la exquisita categoría del local. Los depredadores, ávidos de pescar un buen partido, ya fueran hombres o mujeres, eran cortésmente invitados a abandonar las instalaciones. Y los clientes en busca de aventuras sabían perfectamente que, para conseguir sus fines, podían ir a tomar unas copas en el Leopard o en el Hotel Chesterfield. Pero nunca en La Jolie.

–No lo sé, jefe –dijo Bruno mientras agitaba un cóctel–. Puede que sí y puede que no. La verdad es que no parece haber prestado ni la menor atención a nadie desde que la llevo observando. Ya sabe, ni sonrisas intencionadas, ni miradas cargadas de lujuria. En todo caso, podría decirse que está interesada por Bertha.

Bertha, el pez volador de Mike, nadaba en una gigantesca pecera, que era el toque distintivo de cualquier local que le perteneciera y que había acompañado a su dueño desde que este montó su primer negocio.

–Igual se está haciendo la interesante –aventuró Mike–. A lo mejor está esperando que alguien se acerque a ella.

–No lo creo. El señor Rositter se ofreció a invitarla a una copa, pero ella lo rechazó.

–Rositter está casado.

–Eso da igual, si lo que busca es un protector adinerado. Además, creo que lo conocía. A Rositter, me refiero, aunque no pude escuchar claramente la conversación.

–¿Piensas que es de aquí?

–No sabría qué decir. Es la primera vez que la veo, pero eso no significa nada. Además, no representa ningún problema para nosotros. Es verdad que está ocupando un espacio en la barra sin consumir apenas, pero esta noche no hay demasiado público. Simplemente, creí que debía informarte.

–Sí, claro, gracias, Bruno. Mantenla vigilada. Siempre que no organice un escándalo, no veo razón para impedirle que pase el rato mirando a Bertha.

Mike abrió un par de cervezas mexicanas para una pareja de turistas de Texas, las sirvió en copas de cristal y las adornó con una raja de limón, antes de depositarlas en la bandeja de la camarera. Luego, se dirigió a comprobar que todo estaba en orden en el restaurante y, después, subió las escaleras de nuevo para encerrarse en su oficina y hacer el recuento de la jornada. Podría contratar a un gestor para que se ocupara de esos detalles, pero prefería hacerlo él mismo. Mike no había amasado millones delegando las tareas que consideraba importantes. Aunque tenía una gerente que se ocupaba del local durante el día, el turno de noche le correspondía a él por entero.

Mientras trabajaba, echaba breves vistazos por la pequeña ventana de su oficina para comprobar si la rubia seguía allí. Y allí estaba, en la misma postura. Bruno se había acercado un par de veces para ofrecerle otra bebida, pero ella se había negado. ¿Qué estaba haciendo allí sentada? ¿Quién era? ¿Qué quería? Y... a él, ¿qué le importaba? Nada.

Sherry Nyland se quedó mirando el dedo de vino que le quedaba en la copa y trató de que su mente volviera a ponerse en marcha. Su falta de actividad cerebral no estaba causada por el alcohol, aunque sabía que sus efectos se verían reforzados por el hecho de no haber comido nada en todo el día. Sin embargo, dudaba que dos vasos de vino en doce... no, en trece horas, fueran suficientes para dejarla atontada. No, Sherry estaba convencida de que su estupor procedía del estrés y de la impresión recibida. Tenía que sacudirse de encima el pasado y decidir qué iba a hacer a partir de ese momento. Lo cual significaba buscar un trabajo, encontrar una casa y empezar una nueva vida.

Tenía veinticuatro años y, como la mayoría de las jóvenes con las que se había criado, jamás había hecho nada importante en la vida. Su padre la había animado a que siguiera el ejemplo de sus amigas, dedicándose a disfrutar de todos los lujos placenteros de la vida ociosa en Palm Beach, insistiendo en que ella nunca necesitaría trabajar, puesto que en cuanto cumpliera los veinticinco años recibiría la sustanciosa herencia de su madre. No era extraño que no tuviera ni la menor idea de cómo se comportaba una persona en la vida normal, pero tendría que aprender rápido.

¡Si al menos a su padre no se le hubiera ocurrido la idea de rellenar las arcas de la familia a costa suya! Sherry creía que los tiempos victorianos en que los padres concertaban el matrimonio de sus hijos habían terminado hacía tiempo, pero se había llevado una sorpresa. No era que Tug la hubiera encerrado en su habitación a pan y agua cuando ella había rechazado casarse con un desagradable joven adinerado con la mirada de un pez muerto. Pero después de varios días de gritos, amenazas y súplicas, cuando Sherry regresó de pasar un fin de semana en Miami, se encontró con que alguien había mandado cambiar las cerraduras de la casa y con que el ama de llaves se negó a dejarla entrar. Mientras intentaba razonar con ella, alguien confiscó su coche, con todo el equipaje que llevaba dentro.

Así que allí estaba, en La Jolie, con la ropa que llevaba puesta y cincuenta y tantos dólares en el bolsillo. Era una suerte que Tug tuviera una cuenta en ese local y que aún no la hubiera borrado de ella. Pero lo malo era que sí se había acordado de cancelar todas sus tarjetas de crédito.

–Disculpe, señorita.

La voz profunda de un hombre la sobresaltó de tal manera que derramó los restos del vino. Sherry agarró unas servilletas con nerviosismo e intentó limpiar la mancha, pero unas manos de dedos largos se las arrebataron.

–Relájese –dijo la voz.

Si relajarse hubiera entrado dentro de sus posibilidades, lo habría hecho hacía horas. Sherry miró el rostro que tenía delante de ella, de rasgos maravillosamente masculinos, suavizados por una encantadora sonrisa y unos brillantes ojos de color gris plateado. Un mechón de cabello castaño adornaba su frente como si aún fuera un chaval. Llevaba un traje negro sobre una almidonada camisa blanca. La corbata de color rojo moteado había sido aflojada y el último botón de la camisa desabrochado, dejando a la vista el valle que se abría en la parte baja de su garganta. Sin duda, era el gerente.

–Bruno aún tiene que limpiar la barra –explicó–. Déjele que haga su trabajo, por favor.

–¿Bruno? –repitió Sherry como un eco, alelada, mientras miraba al hombre. ¿Por qué no había escogido Tug a un hombre como ese si estaba decidido a casarla? Tenía que apartar semejante pensamiento de su mente.

Él señaló con la barbilla hacia el otro extremo de la barra, desde donde el moreno camarero la saludó con una mano. Sherry devolvió el saludo con una inclinación de cabeza y volvió a mirar al gerente.

–¿Me permite que avise a un taxi? –él tenía un hoyuelo en la mejilla bastante atractivo.

–¿Un taxi? No. No, gracias. No hay problema –se relajó al darse cuenta de que había sido capaz de pronunciar una frase completa y se preguntó si debería pedir otra bebida.

–Señorita, estamos cerrando. Me temo que tendrá que marcharse.

¿Marcharse? Sherry lo miró, incapaz de superar un súbito ataque de pánico. ¿Qué podía hacer? ¿Adónde iría? Tendría que haber tomado esas decisiones mientras pasaba el día allí sentada, en vez de perder el tiempo contemplando la nada. No podía volver a casa, eso estaba claro. Pero estaba en Florida y corría el mes de mayo. No moriría por congelación si decidía dormir en la playa. Era posible que la solución a su problema se le ocurriera durante el sueño.

–¿Por qué no llamamos a un taxi? –insistió el gerente–. Bruno....

–¡No! –exclamó Sherry, bajándose del taburete, con las piernas entumecidas por haber estado tanto tiempo en la misma posición. Compuso la mejor sonrisa que pudo–. No hay problema. De verdad. No necesito un taxi.

–¿Está segura? –preguntó el gerente, estudiando su rostro atentamente, casi con preocupación.

–Completamente –dijo ella tomando su diminuto bolso de raso, que apenas tenía cabida para llevar la cartera, las llaves y la barra de labios–. Sé cuidar de mí misma, gracias –añadió, guiñándole un ojo con fingida picardía, para restar importancia al asunto–. Soy una persona adulta.

Sherry se colgó el largo cordón satinado del

hombro y dejó que el bolso golpeara suavemente contra su cadera mientras abandonaba La Jolie como si estuviera completamente exenta de preocupaciones. No era cierto, pero cualesquiera que fueran sus problemas, pensaba resolverlos por sí misma.

Se había pasado los primeros doce años de su vida intentando que su madre la quisiera, y los doce siguientes haciendo esfuerzos para que su padre al menos la apreciara. Y los resultados estaban ahí.

Cruzó la calle en dirección a la playa, alejándose al máximo de la zona donde había estado su casa. Había dado por concluida esa vida entregada a intentar complacer a los demás. A partir de ese momento iba a hacer lo que ella quisiera, iba a convertirse en la persona que estaba deseando ser, en alguien que pudiera valerse por sí misma. No sabía exactamente cómo hacerlo, pero tampoco era idiota. Al menos tenía una licenciatura en Bellas Artes que, aunque no era muy práctica para encontrar trabajo, sí le daba la confianza suficiente como para saber que podía estudiar y aprender cosas nuevas sin demasiado esfuerzo.

Nunca debería haber permitido que Tug la convenciera para rechazar la beca en Brown, pero había insistido tanto en que quería tenerla cerca de casa, que ella había cedido, perdiendo así la oportunidad de alejarse de su entorno y emprender una nueva vida independiente.

La arena de la playa se le metió dentro de las sandalias y se agachó para quitárselas. Se sentía como si fuera Escarlata O'Hara ante una tierra yerma. Deseaba plantarse firmemente sobre los pies y levantar un puño hacia el cielo para gritar: «Pongo a Dios por testigo de que nunca volveré a pasar hambre». Aunque no sería capaz de decirlo en voz alta, siempre había detestado hacerse notar o montar una escena. Y, sin embargo...

Levantó la vista para mirar la luna e hizo su juramento en silencio. No había tenido la intensidad de la protagonista de la película, pero ella sabía que había sido suficiente como para iniciar una nueva vida. No pensaba volver a casa para dejarse manipular por su padre. Tampoco pensaba trasladarse a casa de alguna amiga y dejarse llevar por los acontecimientos. Esa mujer se había acabado, nunca volvería a quedarse sentada esperando a que alguien pidiera su mano. Aunque eso significara renunciar al amor para toda la vida.

Sin embargo, sabía que podía confiar en Juliana, su hermanastra menor. Algunas personas no podían contar con el apoyo de nadie y, por eso, se sentía afortunada. Tenía cincuenta y tres dólares con setenta y dos centavos en el bolsillo, una licenciatura universitaria y una hermana que la quería. Era rica. Y, en ese momento, lo único que tenía que hacer era encontrar un sitio para dormir.

¿Debería haberla dejado marcharse de esa manera?, pensó Mike con un leve gruñido de descontento mientras trataba de apartar ese pensamiento de su cabeza por enésima vez para concentrarse en el trabajo. Nunca lo acabaría si no dejaba de pensar en ella, pero se había quedado preocupado. Debería haber ignorado sus excusas y haber llamado a un taxi. Una mujer sola en la calle a las dos de la madrugada podía atraer cualquier peligro, especialmente una mujer tan bella como ella.

Pero... ¿qué le importaba que fuera hermosa? ¿Qué importaba que la visión de su bolso golpeando contra su cadera lo hubiera hecho sudar? Nada de todo eso significaba que fuera una buscavidas, ¿o sí? En cualquier caso, esa mujer no se merecía tener que defenderse a solas de cualquier problema que pudiera surgir en la noche de Palm Beach.

El hecho de que todas las mujeres con las que había intimado hasta el momento hubieran estado más interesadas en su dinero que en su persona no tenía nada que ver con la desconocida. No podía obsesionarse con la idea de que cada vez que se sentía atraído por una mujer, esta estuviera pensando en desvalijarlo, aunque en la mayor parte de los casos fuera verdad. Por eso se había instalado en Palm Beach. Por lo menos, en esa ciudad estaba seguro de que había multitud de hombres más ricos que él y, sin lugar a dudas, otros más pobres, lo cual lo dejaba en una cómoda posición intermedia que podía pasar discretamente inadvertida.

Finalmente terminó de cuadrar las cuentas, preparó la cartera que recogería un empleado del banco y se dio cuenta de que las ganancias habían sido relativamente sustanciosas para haberse tratado de un día tranquilo. Bajó las escaleras y comprobó que todas las puertas estaban cerradas con cerrojo de seguridad. Había tardado tanto en completar el trabajo administrativo del día que el edificio estaba completaba vacío. Y todo por culpa de... ella.

Al menos debería haberse asegurado que llegaba hasta su coche sin problemas. Diablos, en realidad debería haber comprobado si disponía de coche o no. Mucha gente se volvía a su casa o a su hotel a pie. Al fin y al cabo, Palm Beach no era tan grande. Pero era demasiado tarde para pensar en ello, no le quedaba más remedio que soportar su complejo de culpa.

Mike condujo su coche en dirección a su apartamento, más cansado que de costumbre, pensando en la posibilidad de levantarse un poco más tarde al día siguiente. A su paso por el paseo marítimo, oteó la playa bañada por la luz de la luna, y vio a una mujer paseando sola. Estaba acostumbrado a las juergas que organizaban los adolescentes durante las noches de primavera y verano, pero no a ver a una mujer paseando sola de madrugada. Se parecía a la mujer del club. ¿Podría ser ella? Un acceso de culpabilidad le inundó las entrañas. Aminoró el paso y observó a la mujer, que paseaba con las sandalias en la mano. Sin duda, parecía la misma que había estado en su club hasta la hora de cerrar.

Mike estudió el paseo en busca de coches de policía, pero no había ninguno. No podía dejar el caso en manos de la autoridad. Decidido, hizo una maniobra prohibida y aparcó lo más cerca posible de la mujer, con la intención de acercarse a ella y preguntarle si necesitaba algo.

Salió del coche y cruzó el trozo de playa que lo separaba de ella, mientras la arena se le metía en los zapatos, una sensación que odiaba. Pero su conciencia no le permitía irse a casa tranquilamente, a sabiendas de que una mujer joven y desvalida podría estar en apuros. Aunque aún no había podido distinguir los rasgos de su cara con claridad, estaba seguro de que era la misma mujer que había pasado el día en su club. En ese momento, reconoció el bolso y... el firme trasero contra el cual se balanceaba.

–Discúlpeme, señorita –dijo para llamar su atención cuando se acercó lo suficiente como para no tener que gritar.

Ella se sobresaltó y soltó las sandalias que llevaba en la mano.

Mike se inclinó para recogerlas.

–¿Qué es lo que quiere usted? –preguntó ella, intentando calmarse con una mano apoyada sobre el pecho–. ¿Es así como se divierte? ¿Asustando a la gente? Es la segunda vez que me altera en una sola noche.

Mike no pudo evitar una sonrisa. Realmente había conseguido sacarla de sus casillas. Sabía que estaba atemorizada, pero que no iba a salir huyendo. Seguramente intentaría convertir su pánico en furia.

–¿No habíamos quedado en que era usted una

persona adulta, preparada para las sorpresas de la vida?

–Devuélvame mis cosas y márchese.

–¿Se ha dedicado a caminar desde que salió del club? –preguntó él, asombrado.

–Eso no es asunto suyo. Devuélvame mis sandalias.

–Antes quiero saber si está bien o si tiene algún problema. Debería llamar a un taxi.

–Quería pasear –dijo ella, poniendo los brazos en jarras, evidentemente exasperada–. ¿Me va usted a devolver mis cosas o no?

–No lo he decidido todavía –dijo, extendiendo una mano para presentarse–. Soy Mike Scott. Es un placer conocerte.

Ella miró la mano extendida como si representara una amenaza y renunció a alargar la suya para estrechársela.

–Quiero que me devuelva mis cosas, Mike Scott.

Con una sonrisa dubitativa, él retiró la mano. No podía culparla por sentirse intimidada, teniendo en cuenta la hora que era, unido a la ausencia de personas en la playa y al hecho de que él aún mantenía sus sandalias a buen recaudo.

–¿Qué le parece si la llevo a casa?

–¿Y qué ha pasado con la oferta de llamar a un taxi?

–No tengo teléfono móvil.

–No puedo creer que todo un ejecutivo de Palm Beach viva sin un teléfono móvil –se asombró ella enarcando las cejas.

Él rio.

–Tengo teléfono móvil –aclaró–, pero no lo llevo conmigo ahora mismo. Suelo utilizarlo para cuestiones de trabajo y, cuando voy al club, lo dejo en casa. Vamos, déjeme llevarla a casa.

–Gracias, pero la respuesta es «no». Por favor, devuélvame mis cosas y deje que siga mi camino –pidió extendiendo las manos.

Él dudó.

–¿Por qué no me dejas acercarte a casa?

–¿Estás loco? No te conozco de nada. Por lo que sé de ti, podrías ser un asesino en serie que lanza los cuerpos de las víctimas al fondo de un lago para que los devoren los cocodrilos.

–Acabo de presentarme. Soy Mike Scott. Administro La Jolie. Puedes preguntárselo a cualquiera. Soy un buen hombre. De verdad –aseguró Mike, preguntándose por qué estaba dejando que las cosas llegaran tan lejos.

–¿Y se puede saber a quién quieres que se lo pregunte? Estamos solos en la playa.

Mike abrió la cartera y sacó una serie de fotos.

–Mira –dijo–, esta es mi madre. Y estos son mis sobrinos. También tengo una sobrina, Elizabeth. La pobre es la única chica entre un montón de hombres.

–Todos los asesinos en serie tienen familias encantadoras –dijo ella, con un tono menos agresivo.

–¿Qué tengo que hacer para convencerte de que soy de fiar y puedo llevarte a casa?

–Nada en el mundo lograría persuadirme de hacer una cosa así.

–¿Por qué? No soy un asesino en serie –insistió él con expresión de inocencia.

–No, no creo que lo seas –concedió ella con un suspiro–. Creo que eres un hombre agradable con una familia maravillosa, y no tengo ni la menor idea de por qué estás aquí, perdiendo el tiempo conmigo, en vez de estar en casa con ellos.

–No estoy lo suficientemente loco como para vivir con ninguno de ellos –dijo Mike, encogiéndose de hombros teatralmente, esperando una sonrisa por parte de ella. No hubo suerte.

–¿Por qué haces esto? ¿Por qué no me devuelves mis cosas y te despides?

–Es la culpa, que me atormenta. Si te pasara cualquier cosa mientras paseas a solas por la playa a estas horas, me sentiría responsable.

–Eso es una locura. Nadie es responsable de mi vida, aparte de mí. Y sé cuidarme sola.

–De acuerdo –admitió él–. Tienes razón, pero todo el mundo necesita un poco de ayuda de vez en cuando. ¿Qué hay de malo en aceptar la ayuda que se te ofrece?

Ella lo miró durante unos instantes.

–Me doy por vencida. Al fin y al cabo, ¿quién necesita unas sandalias? –dijo, dándose la vuelta para alejarse.

Mike se preguntó si realmente tenía tan mal aspecto como para que una mujer decidiera perder unas sandalias caras con tal de no tener que montarse con él en su coche.

–¡Eh, espera! –gritó, trotando detrás de ella. Intentó tomarla del brazo, pero solo logró tirar del bolso y quedarse con él en la mano.

–¡Devuélvemelo!

Pero Mike se apartó de ella.

–¿Qué llevas ahí dentro que no quieres que vea?

–Nada –dijo ella, forcejeando con él. El resultado fue que el contenido del bolso se desparramó sobre la arena.

Él se agachó y fue recogiendo las cosas una por una.

–Llaves –anunció, metiéndolas en el bolso–. Barra de labios. Cartera –enunció, abriéndola con curiosidad–. Carné de conducir a nombre de Sherry Eloise Nyland –leyó, memorizando la dirección–. Es un privilegio conocerte.

–No puedo decir que el sentimiento sea mutuo, idiota –contestó Sherry Nyland, metiendo sus cosas en el bolso y alejándose.

–Espera un minuto –dijo Mike, corriendo tras ella–. Te olvidas del carné de conducir.

–No lo necesito.

Genial. Esa mujer estaba consiguiendo realmente que se sintiera culpable.

–¿Se puede saber qué es lo que te pasa? Lo único que pretendo es ayudarte.

–¿Que qué es lo que me pasa? –preguntó Sherry volviendo el rostro hacia él con ira–. Sería mejor que te preguntaras qué es lo que te pasa a ti. Te he pedido varias veces, y con educación, que me devolvieras mis cosas y te marcharas, pero eres incapaz de hacerlo, ¿verdad? Por supuesto que no. Has intentado robarme las sandalias y el bolso y todavía tienes redaños para preguntarme que qué me pasa. Vete al diablo y olvídame.

Visto de ese modo, Mike pensó que su actuación había sido grotesca. Terrible. Espantosa. Imperdonable. Sus sobrinos adolescentes habrían sabido comportarse con mejor educación en una ocasión como esa. Pero él solo pretendía ayudar, impulsado por la culpable preocupación que lo había inundado en cuanto ella se había marchado del club. Aunque sus razones no servían como excusa.

–Lo siento. No pretendía... –no sabía qué decir–. Lo siento, de veras.

Mike dejó las sandalias sobre la arena y el carné de conducir al lado. Luego, se dio la vuelta para marcharse.

Sherry Nyland lo observó alejarse en dirección al coche, pero no se movió hasta que él abrió la puerta, se sentó dentro y puso el vehículo en marcha. En ese momento se acercó a recoger sus pertenencias y luego se puso a caminar por la playa. Mike condujo lentamente por el carril izquierdo del paseo marítimo y, cuando ella se dio la vuelta para dirigirle una última mirada, él decidió no alejarse hasta saber exactamente qué era lo que ella había pensado hacer.

Sherry miró hacia él un par de veces más y, de repente, cambió de dirección para acercarse al coche. Mike se detuvo en seco y bajo la ventanilla, mientras la esperaba.

–Vas por dirección contraria –dijo ella.

–Lo sé –contestó él, encogiéndose de hombros–. No hay nadie por aquí, no creo que sea peligroso. Si alguien me dice algo, fingiré que voy a aparcar.

–¿Por qué lo haces? –dijo ella, agarrando su bolso con fuerza.

–Quiero asegurarme de que llegas sana y salva a donde quiera que sea que vayas. En cuanto me quede tranquilo, dejaré de molestarte.

–El mero hecho de que sigas aquí ya es suficiente molestia.

–Lo siento, pero no pienso cambiar de opinión.

Finalmente, ella lanzó un suspiro.

–No piensas dejarme en paz, ¿verdad?

–Ni hablar. No hasta que me convenza de que vas a pasar lo que queda de noche en un lugar seguro.

–De acuerdo. Me rindo. Tú ganas. Llévame a casa si quieres, y ya verás lo que pasa.

Mike se sintió aliviado. La llevaría a la casa cuya dirección había memorizado y ese sería el final del asunto. No tendría por qué volver a verla jamás. A no ser que... ella decidiera volver a visitar el club.

Capítulo Dos

Mike echó un vistazo a su acompañante, que estaba muy tranquila, recostada sobre el asiento. Algo iba mal. Toda su combatividad había desaparecido y ya no se agarraba al bolso de forma tan desesperada. Debía de estar cansada y, cuanto antes llegara a su casa, mejor. Su complejo de culpa desaparecería y podría irse a acostar con la conciencia tranquila de haber evitado que esa joven paseara sola en plena noche por la playa desierta, expuesta a cualquier peligro.

Encontró la dirección que buscaba y aparcó delante del jardín.

–Dame las llaves –le pidió a Sherry.

Pálida y apagada, le entregó las llaves sin dar ni la menor muestra del genio que había demostrado en la playa. Mike salió del coche, lo rodeó y abrió la puerta del copiloto para que ella pudiera salir. Pero Sherry no se movió y Mike prácticamente tuvo que sacarla en brazos, antes de dirigirse junto a ella a la puerta principal de la mansión de estilo colonial. Metió la llave en la cerradura, pero esta no cedió. Volvió a intentarlo, con idéntico resultado.

–¿Estás segura de que vives aquí? –preguntó, devolviéndole las llaves.

–Eso es lo que pone en mi carné de conducir, ¿no?

Mike arrugó el ceño y llamó al timbre. Era tarde, pero no le importaba. Al ver que nadie acudía a abrir la puerta, volvió a llamar insistentemente. Finalmente, una diminuta mujer hispana envuelta en un albornoz entreabrió la puerta, con cara de sueño.

–Soy Mike Scott –se presentó él–, y he traído a la señorita Nyland a casa.

–Ella ya no vive aquí –informó el ama de llaves, renuente.

–Y entonces..., ¿por qué aparece esta dirección en su carné? –preguntó Mike, intentado salvar el escollo que representaba esa sirvienta y dejar a Sherry en casa para olvidar de todo el maldito asunto de una vez. Pero no se movió. Era posible que la familia de Sherry se hubiera mudado–. ¿Dónde están los propietarios? Quiero hablar con ellos.

–Fuera –dijo el ama de llaves con voz temblorosa y expresión aterrorizada.

–No se preocupe, Leora –intervino Sherry–. No deseo complicarle la vida. Vuelva a acostarse.

La mujer decidió finalmente mirar a Sherry, con el rostro bañado en lágrimas.

–Lo siento, señorita Sherry. No está nada bien lo que ellos han...

–No se preocupe, Leora. Ya me marcho –dijo, dándose la vuelta.

Mike miró a ambas mujeres, intentando dilucidar qué era lo que estaba pasando.

–Espere. Le traeré sus cosas –dijo Leora, internándose a toda prisa en la casa.

Sherry se apoyó en una de las columnas del porche y Mike la miró con los ojos entornados. ¿Qué diablos estaba pasando?

–Mi padre me ha echado de casa, ¿entendido? –explicó ella con cierto tono de desafío y despecho.

–¿Por qué? ¿Drogas? ¿Alcohol?

Ella rio amargamente.

–Nada de eso supondría problema alguno. Podría pasarme la vida en estado cataléptico y él no llegaría ni a enterarse. No espero que me creas, pero no tomo drogas ni bebo demasiado. Hoy solo he tomado dos copas de vino desde las doce de la mañana.

–Lo sé. Entonces... ¿por qué? –preguntó Mike, sospechando que la respuesta iba a ser poco lógica, como correspondía al extravagante comportamiento de los que habían nacidos ricos.

–Porque me negué a casarme con Vernon Greelry.

–¿Con quién?

–Con uno de los mayores millonarios de la ciudad. Ya sabes, el dinero hace que el mundo siga funcionando. Al menos, en el mundo en que vive Tug, mi padre.

La voz de Sherry sonaba tan amarga que Mike se sintió inmediatamente identificado con ella. A él tampoco le dejaban buen sabor de boca los asuntos financieros.

–A ver si lo entiendo del todo. Tu padre te echó de casa, cambió las cerraduras, dio instrucciones a la servidumbre para que no te dejaran entrar... ¿Todo ello porque te negaste a casarte con un hombre que había elegido él para ti?

–preguntó para constatar la increíble historia victoriana cuyas consecuencias había podido comprobar por sí mismo.

–Así es, aproximadamente.

Leora reapareció con una bolsa de deporte.

–Me ha dado miedo recoger demasiadas cosas, no quiero que nadie se dé cuenta. Solo le he traído lo imprescindible.

–Gracias, Leora –dijo Sherry, abrazándola.

–Su hermana estará preocupada por usted –le advirtió el ama de llaves.

–La llamaré en cuanto pueda, pero dígale que me ha visto y que me encuentro perfectamente, por favor.

Mike sonrió al verla demostrar una entereza que estaba seguro que no sentía.

–Me hubiera gustado poder ser de mayor ayuda –se disculpó Leora con una última mirada de despedida, antes de cerrar la puerta.

Sherry recogió la bolsa y echó a andar. Mike la siguió.

–¿Qué vas a hacer ahora?

–Buscar un trabajo y encontrar un sitio para vivir.

–No, me refiero a ahora mismo. ¿Adónde piensas ir?

–Ya se me ocurrirá algo –contestó ella, encogiéndose de hombros.

Mike respiró hondo. Era una idea estúpida, sabía que lo era, pero la iba a poner en práctica de todos modos.

–Vamos –dijo, asiendo la bolsa y tomándola del codo para llevarla hasta el coche.

–¿Qué haces? Suéltame –exclamó ella, intentado liberarse sin éxito–. ¿Deseas humillarme aún más? ¿No te parece que ya tengo bastante por hoy?

–Es posible que me haya vuelto completamente loco, pero estoy decidido a llevarte a mi casa.

Sherry se separó de él.

–Imposible. Olvídalo. No pienso irme a tu casa. Devuélveme la bolsa y desaparece de mi vista.

–No seas estúpida. ¿Adónde pensabas ir? Métete en el coche.

–No pienso ir a ninguna parte contigo –dijo ella categóricamente. No lo conocía de nada y sabía poco de él. Era tan guapo como un dios griego y tan terco como una mula. Además, presumía de tener un montón de sobrinos y una anciana madre con el pelo blanco. Y trabajaba en La Jolie, probablemente como gerente. No era suficiente.

–Por supuesto que sí. Para de discutir y ven conmigo.

Pero ella no estaba dispuesta a ceder.

–¿Qué te pasa? ¿Estás sufriendo otro ataque de responsabilidad ajena? Relájate.

Él puso los brazos en jarras y concentró la mirada sobre el asfalto.

–Lo haría si fuera capaz, pero no es el caso. Aunque es evidente que preferiría estar en mi casa durmiendo.

Ella lo miró, aún altanera. Por un lado deseaba aceptar su invitación, en realidad lo deseaba con toda su alma. Pero algo le decía que había llegado el momento de empezar a mostrarse precavida en la vida. Sin embargo, él parecía ser realmente un buen hombre.

–Si yo fuera un hombre en vez de una mujer, no me ofrecerías pasar la noche en tu casa, ¿verdad?

–Si fueras un hombre podrías defenderte sola.

–Puedo defenderme sola, sin ayuda de nadie.

–De acuerdo. Pero si yo tuviera malas intenciones, podría haber intentado aprovecharme de ti en la playa, o haberte llevado a donde quisiera una vez que decidiste meterte en mi coche. Piénsalo.

–Podría haber gritado pidiendo auxilio.

–Y nadie te hubiera oído.

–Vale, de acuerdo. Pero si tuviera cuarenta años y fuera fea y gorda, ¿aún insistirías en llevarme a casa?

–Si no tuvieras adónde ir, lo haría. De hecho, hice algo parecido hace unos meses. Era una pareja de turistas que había sufrido un robo y no tenían dónde pasar la noche. ¿Necesitas que te lo demuestre?

–Por favor.

–Lo siento, pero no creo que sea oportuno despertarlos a estas horas de la madrugada.

–Pues entonces, explícame por qué estás haciendo todo esto tan desinteresadamente. Necesito saberlo.

Él suspiró, mirando al cielo estrellado. Intentó hablar, dudó, y por fin se decidió, aunque tuvo que hacer un verdadero esfuerzo.

–He pasado por una situación semejante. Fue en Pensacola, hace ya muchos años. Me quedé sin un céntimo y desahuciado porque un grupo de personas en las que tenía plena confianza decidió desaparecer con todo el dinero del negocio. En aquella ocasión, alguien me ayudó. Me dejó dormir en su casa y me ayudó a encontrar trabajo. Así que sé perfectamente de lo que estamos hablando, ¿de acuerdo?

Sherry sintió cómo parte de sus sospechas se desvanecían, pero insistió:

–Puedo dormir en la playa.

–No, no puedes. No estarías a salvo. Escucha, vente a mi casa esta noche, solo esta noche. Mi madre vive en el apartamento de al lado y podrías quedarte allí si no fuera tan tarde. No quiero despertarla porque está muy delicada de salud. Solo te ofrezco un dormitorio y un cuarto de baño para pasar la noche. Y un desayuno por la mañana, si te apetece. Eso es todo.

–¿Estás seguro? –dudó ella, aún indecisa.

–Sí –dijo él con tono cansado–. ¿Vienes o no? ¿Vas a obligarme a seguirte durante toda la noche?

–¿Aún no te has cansado de mí?

–Y tú… ¿aún no te has cansado de vagar por la playa?

Sherry respiró hondo y cerró los ojos.

–La verdad es que sí. Un poco de descanso no me vendría nada mal.

–Vamos –dijo él, abriendo la puerta del coche–. Mañana por la mañana podrás pensar con mayor claridad.

Sherry miró la encantadora sonrisa de Mike y pensó que ciertas cosas deberían estar prohibidas por el mero hecho de poderse convertir en adictivas. El contorno de los ojos se le curvaba hacia arriba y había un hoyuelo en una de sus mejillas. Todo lo cual resultaba demoledor.

Sherry se metió en el coche. Él arrancó y se dirigió de nuevo hacia el Sur. Mientras conducía, tamborileaba con los dedos sobre el volante un ritmo privado.

–¿Qué dijo tu madre cuando tu padre te echó de casa? –preguntó él al cabo de unos instantes.

–Supongo que hubiera dicho un montón de cosas, pero está muerta. Falleció hace mucho tiempo, yo apenas tenía doce años. Fue un accidente de barco, se ahogó. Pero mis padres ya llevaban mucho tiempo divorciados. Cuando mi madre murió, yo me fui a vivir con Tug y con Babe, mi madrastra.

–Lo siento.

–Ha pasado ya mucho tiempo, pero gracias.

–Sé lo que significa perder a una persona querida. No es fácil de sobrellevar.

–Pensé que tu madre...

–Me refiero a mi padre. Murió hace un par de años.

–Ah.

Condujeron en silencio durante unos minutos, antes de que Sherry volviera a hablar.

–Mike...

–Dime.

–He olvidado lo que iba a decirte –confesó Sherry, cautivada por la presencia de ese hombre.

–Cuéntame algo sobre el resto de tu familia –la ayudó él–. ¿No dijo el ama de llaves que tenías una hermana?

–Hermanastra. Se llama Juliana. Vive con Tug y Babe.

–¿Y no ha intercedido por ti? ¿Cuántos años tiene?

–Tiene veintidós. Pero es muy posible que ni siquiera se haya enterado del asunto aún. Tug y Babe no la hacen partícipe de sus decisiones. Además siempre ha sido la más débil y ha estado muy protegida. Sin embargo, yo soy la fuerte de la familia. Puedo cuidar de mí misma –añadió en tono de broma.

Mike sonrió, pero no respondió.

Recorrieron el paseo marítimo. La ciudad estaba en calma, las oficinas con las luces apagadas y las familias en sus casas durmiendo. Sherry no pudo resistir el cansancio y se quedó dormida antes de que llegaran a su destino.

Cuando llegaron al aparcamiento del bloque de apartamentos, Mike se preguntó si Sherry se despertaría espontáneamente al detenerse el coche o si, por el contrario, tendría que llevarla en brazos hasta el ascensor. Confió en que se despertara sola. No solo tendría que hacer un esfuerzo increíble para arrastrarla hasta el octavo piso, sino que si se veía obligado a depositarla sobre la cama, no confiaba en poder contenerse sin ponerle las manos encima. La tentación podría ser demasiado fuerte. Necesitaba que se despertara y que se pusiera a la defensiva, como solo ella sabía hacerlo, para mantenerlo bajo control. Sherry tenía un aspecto tan dulce y vulnerable, que le hubiera gustado seguir contemplándola durante horas. Pero se recordó a sí mismo que ella no era más que una de las típicas mujeres jóvenes de Palm Beach, que solo rendían culto al dinero, como él bien sabía.

El súbito silencio que se produjo cuando él apagó el motor, la hizo removerse, adormilada.

–¿Hemos llegado ya? –preguntó con voz soñolienta.

–Sí –contestó él con una sonrisa, apresurándose a ayudarla a salir del coche. La ligera confusión de la recién despertada le pareció adorable y el contacto con su cuerpo estimulante–. Aquí estamos.

Una vez la hubo sacado del coche, cerró la puerta de una patada y la arrastró hasta el ascensor. Subieron hasta el último piso y se dirigieron al apartamento del final del pasillo. Mike pudo oler el guiso de carne desde el descansillo y lanzó una imprecación por lo bajo.

Sherry reaccionó al oírlo, aturdida, y se golpeó ligeramente la cabeza contra la mandíbula de él.

–Cuidado –dijo Mike, depositándola en una silla antes de ir a apagar el fuego de la cocina que su madre había dejado cociendo al mínimo, maldiciendo de nuevo.

–¿Qué pasa? –preguntó Sherry con un bostezo.

–Mi madre se ha dejado la cocina encendida, eso es lo que pasa. Le pedí que no lo hiciera. Le dije que cenaría cualquier cosa antes de regresar a casa. No es necesario que se moleste en venir a cocinar para mí. Está muy mayor y lo que necesita es tranquilidad y reposo. Pero nunca me hace caso, maldita sea.

Sherry apareció por la cocina con una sonrisa mientras Mike retiraba la olla del fuego.

–Me pregunto cuántas veces se habrá quejado ella de que tú tampoco le haces ni el menor caso.

Él se volvió y todo su estrés desapareció al contemplar aquel rostro sonriente. Esa mujer era preciosa en cualquier ocasión, pero cuando sonreía resultaba cautivadora.

–Un millón de veces, seguramente –admitió Mike–. Soy bastante terco.

Sherry rio.

–No seas tan modesto –dijo–. En realidad eres el mayor cabezota que he conocido en toda mi vida.

–Puede que estés en lo cierto, criatura.

–No me llames «criatura». Soy una mujer adulta.

Era verdad, pensó Mike. Y eso era lo que complicaba las cosas.

El estómago de Sherry emitió un gruñido y él la miró con preocupación.

–¿Has comido algo hoy? –preguntó, dándose cuenta de que probablemente nada, al menos desde las doce de la mañana. Tomó un plato hondo y lo llenó de carne, patatas y zanahorias. Era la cena que su madre no debería haber preparado para él–. Toma –dijo, colocando el plato delante de ella y añadiendo un tenedor y un cuchillo–. Mi madre hace el mejor guiso de carne del mundo y se sentiría muy ofendida si se enterara de que te has negado a probarlo. ¿Quieres un refresco?

–Gracias. Y tú, ¿no vas a comer nada?

–Ya he cenado, como le prometí que haría –contestó él, sirviéndose otro refresco y sentándose frente a ella en la mesa de la cocina. La miró y se sintió en peligro de caer rendido a sus pies, a pesar de que el contacto físico estaba fuera de lugar mientras hubiera una mesa por medio. Pero el hecho de observarla mientras comía provocaba en él una especie de encantamiento.

–¿Eres su hijo favorito? –preguntó ella mientras comía con ganas.

–Soy su único hijo –contestó él, procurando concentrarse en la conversación para evitar los pensamientos eróticos–. Tengo dos hermanas mayores, casadas y con hijos. No tienen tiempo para cuidar de mi madre.

Mike siempre había pensado que el intercambio romántico de miradas durante la cena, tal y como solía aparecer en todas las películas, era una tontería. Para él, la comida era la comida y el sexo era el sexo. Dos cosas muy diferentes. Pero al mirar a Sherry Nyland estaba cambiando de opinión rápidamente. La forma en que extraía el tenedor vacío de la boca lo hacía pensar en cosas que no debería. Como por ejemplo, cómo sería sentir esa misma boca cerrándose sobre alguna parte sensible de su cuerpo. Cuando ella se relamió los labios con la lengua, él deseó capturarlos con la suya y emprender un juego sin final.

–Mike –lo sacó Sherry de su ensoñación.

–¿Sí?

–¿Qué estabas pensando?

–Nada –contestó él, ruborizándose hasta la

raíz del cabello–. Estaba esperando que terminaras de cenar.

–Parecías estar mandando señales mentales a algún habitante del mundo exterior.

–Quizá tenía la mirada ausente por causa del cansancio –se disculpó él con una sonrisa, tratando de disimular su turbación–. Ha sido un día muy largo.

–Lo siento. Yo he tenido la culpa –dijo ella, bajando la vista con modestia y dejando caer los párpados con un gesto encantador.

–No te preocupes. No importa.

–Te agradezco que hayas cuidado de mí. No era necesario que te mostraras tan solícito.

–¿Solícito? Pero si me he portado peor que cualquiera de mis sobrinos. Tiré de tu bolso.

–Olvida todo eso y hazme caso, Michael Scott. Si te digo que te has portado conmigo de una forma encantadora es porque es verdad. Y vas a tener que creértelo, te guste o no. ¿De acuerdo?

–De acuerdo. Pero mi nombre no es Michael sino Mike.

–Ah, siento haberme equivocado, lo olvidé.

–Ahora ya lo sabes y quiero aprovechar que pareces despierta y satisfecha para darte la bienvenida a mi casa –dijo él, deseando tomarla de la mano, aunque sabía que únicamente le había ofrecido una cama para pasar la noche. Se recordó de nuevo que se había prohibido intimar con las guapas señoritas de Palm Beach. Cualquier pensamiento libidinoso que se atrevería a cruzarle la mente debía ser desechado inmediatamente.

–Muchas gracias. La cena estaba deliciosa.

–Se lo diré a mi madre, estará encantada. Vamos, te mostraré tu dormitorio.

–Puedo dormir en el sofá.

–No es necesario –dijo él, abriendo la puerta del cuarto de invitados–. No te garantizo que el colchón esté en perfecto estado. Me lo dio una de mis hermanas la última vez que se mudó. Pero, con toda seguridad, es preferible a la arena de la playa.

–Gracias –contestó ella, echando un vistazo a la sencilla y agradable habitación–. De veras.

–No hay de qué –repuso él, turbado por su sonrisa. Se retiró para dejarla pasar, haciendo un verdadero esfuerzo para apartar ciertos pensamientos de su mente.

Sherry se despertó de un sueño protagonizado por los tempestivos ojos grises de Mike mirándola, devorándola, desnudándola, atravesando su cuerpo para introducirse en su alma. Durante un instante, se sintió desorientada, pero después se dio cuenta de que alguien estaba llamando insistentemente a la puerta de la casa.

¿Dónde estaba Mike? ¿Por qué no abría la puerta? Sherry salió de la cama, entreabrió la puerta del dormitorio y oyó los lejanos sonidos del agua corriendo en la ducha. Esa era la explicación. Se puso unos pantalones cortos debajo de la camiseta que había usado para dormir, se pasó las manos por el pelo para domesticarlo un poco y salió del dormitorio, dispuesta a atender a la visita. Mike, chorreando y con una toalla enrollada a la cintura se precipitó sobre ella, corriendo de camino a la puerta de entrada. El breve contacto con el húmedo torso la hizo estremecerse. Se retiró lo suficiente como para no sufrir un colapso, pero no pudo evitar quedarse mirándolo, hechizada. Era un magnífico ejemplar del sexo masculino, el mejor que había visto en toda su vida.

En ese momento, se abrió la puerta del apartamento y entró una diminuta mujer con el pelo blanco, que se quedó atónita al ver a Mike y a Sherry, semidesnudos, el uno junto al otro, en el vestíbulo. Sonrió.

–Oh, lo siento. Olvidaos de mí, me marcho ahora mismo –dijo la dama, dándose la vuelta.

Mike lanzó una maldición y se lanzó a detener la huida de su madre. Pero se detuvo al darse cuanta de que no iba vestido.

–No la dejes marcharse –le pidió a Sherry–. Voy a vestirme –añadió, metiéndose a toda prisa en su dormitorio.

–Señora Scott –dijo Sherry, acercándose para tomarla del brazo–, espere, por favor.

–No, no. Me marcho. No quiero interrumpir.

–No está usted interrumpiendo nada, excepto la ducha de Mike.

–¿De verdad?

–Totalmente en serio.

–¡Maldita sea! –exclamó la anciana–. Me había hecho la ilusión de que había conseguido por fin traerse a casa a una chica dulce y cariñosa para retozar un rato con ella.

–Hace años que no retozo con nadie, madre

–dijo Mike, de vuelta al vestíbulo, terminado de meterse en una camiseta de color azul pálido.

Sherry contuvo la respiración.

–Ese es el problema –atacó su madre–. Si continuas matándote a trabajar sin divertirte jamás, te vas a convertir en el hombre más aburrido del mundo.

–Me veo en la obligación de aclarar que yo no soy una chica dulce y cariñosa dispuesta a retozar, sino una vagabunda sin hogar a la que su hijo ha conocido en un bar –intervino Sherry.

Mike lanzó una mirada iracunda a Sherry que la hizo temblar de arriba abajo mientras él se inclinaba para besar a su madre en la frente.

–Se supone que no debes desplazarte sin el aparato del oxígeno. Lo sabes, ¿no? –la amonestó.

–Por Dios. Está claro que puedo caminar tres metros sin necesidad de ponerme esa mascarilla, hijo.

–Madre, habíamos hecho un trato, ¿recuerdas?

–¿No me vas a presentar a tu amiga, la vagabunda? –preguntó haciendo caso omiso de su pregunta y dirigiéndole una sonrisa radiante a Sherry.

Él lanzo un suspiro, lento y prolongado.

–Madre, te presento a Sherry Nyland. Sherry, esta es mi madre.

–Encantada de conocerla, señora Scott –dijo extendiendo la mano para estrechar la de la anciana. No estaba acostumbrada a conocer gente nueva vestida con una camiseta, pero sonrió al pensar que eso formaba parte de la aventura que acababa de iniciar.

–Por favor, llámame Clara –dijo la madre de Mike, estrechando la mano de Sherry con una fuerza inusitada, al tiempo que tiraba de ella para hacerla sentarse junto a ella en el sofá del salón–. Y bien, ¿qué opinas de mi encantador hijo?

Sherry miró a Mike, esperando una protesta, pero él se limitó a poner los ojos en blanco y a darse la vuelta para meterse en la cocina y preparar el desayuno.

–Es muy guapo –dijo Sherry–. Y bastante agradable. Por cierto, su guiso de carne estaba espectacular. Lo probé anoche.

–Te dije que no guisaras para mí –gritó Mike desde la cocina.

–¿Y qué le hubieras ofrecido a Sherry para cenar si no lo hubiera hecho?

–Sándwiches de mortadela italiana –contestó Mike, asomándose por la puerta.

–¿Lo ves? El guiso de carne supera tu plan con creces. –Mike gruñó y volvió a meterse en la cocina. Sherry trató de disimular una sonrisa–. ¿Y dónde dices que os habéis conocido, cariño?

–En La Jolie –contestó Sherry–. Tuvo que echarme a la hora de cerrar.

–En serio –dijo Clara–. ¿Cómo os conocisteis?

–No tuve que echarte –intervino Mike–. Solo te informé de que había llegado la hora de cerrar y te sugerí que te fueras a casa.

Sherry asintió, mirando a Clara, que tenía los ojos como platos.

–¿Quiere eso decir que de verdad eres una vagabunda? No puedo creérmelo.

–Solo temporalmente –aclaró Sherry, encogiéndose de hombros.

–Su padre la echó de casa –dijo Mike, iniciando una explicación completa de los hechos, a pesar de las protestas de Sherry.

–Pobrecita –se afligió Clara, tomándola de la mano–. Eso deja las cosas claras.

–¿Qué cosas? –la increpó Mike–. ¿Alguien quiere desayunar?

Sherry miró a Clara y luego a Mike antes de ponerse en pie para ayudar a la anciana a levantarse.

–Me encantaría –dijo Sherry, sonriendo a Mike.

–Sherry tiene que quedarse con nosotros –dijo Clara.

–Eso es imposible –protestó Sherry–. Una noche es más que suficiente.

–No me refiero a la casa de Mike, sino a la mía. Vivo en el apartamento contiguo y puedes quedarte conmigo hasta que encuentres algo para ti.

Sherry no pretendía complicarle la vida a nadie y se quedó atónita cuando Mike dijo:

–Creo que es una estupenda idea.

Capítulo Tres

Sherry lo miró, sorprendida. Tenía la impresión de que había quedado muy claro que el improvisado hospedaje iba a durar una sola noche. ¿Por qué había cambiado de idea?

Mike ayudó a su madre a sentarse a la mesa en la cocina, haciendo caso omiso de los manotazos que ella daba para apartarlo.

–Déjate de mimos –se quejó Clara–. No soy una inválida.

–Sí, lo eres –dijo Mike, poniéndose en jarras para mirar a Sherry–. Sería muy interesante que alguien pudiese ocuparse de cuidarla mientras yo trabajo. Alguien que me dé la seguridad de que no va a hacer cosas que no debería. Como, por ejemplo, colarse en mi cocina para guisar.

–Ya –contestó Clara con tono cáustico–. ¿Y a qué quieres que me dedique durante todo el día? ¿A dormitar en un sillón?

–Necesito encontrar un trabajo –dijo Sherry, intentando quedarse al margen de la disputa familiar–. Y también un sitio para vivir.

–Estoy escaso de plantilla en el club y va a empezar la temporada alta. Puedes trabajar allí si quieres. Puedes hacer el turno diurno, para poder cuidar a mi madre mientras yo trabajo en el nocturno. Lo único que necesita es un poco de compañía.

–Dejad de hablar de mí como si estuviera ausente –dijo Clara propinándole un puñetazo en el brazo a su hijo antes de mirar a Sherry–. Quédate conmigo. Si te pones a buscar un apartamento, vas a tener que pedir un aval, dar dos meses de fianza, la custodia de tu primer hijo y...

–Eh, que yo no soy tan malo –se defendió Mike–. No necesito al hijo y solo pido un mes de fianza. Y, por supuesto, un brazo o una pierna, pero nunca las dos cosas a la vez.

–¿Administras también este edificio de apartamentos? –preguntó Sherry, impresionada. Mike Scott era un hombre de empresa.

–Sí. De esa forma, el propietario me hace una rebaja en el precio y puedo permitirme tener dos apartamentos. Mi madre se niega a vivir conmigo.

–Los hombres necesitan ser independientes –dijo Clara como si se tratara de una cantinela habitual–. Además, Sherry necesita un lugar donde vivir.

–De acuerdo, de acuerdo –se rindió Sherry riendo con las manos en alto–. Ahora ya sé de quién ha heredado Mike su terquedad.

–Como ves, es necesario vigilarla –dijo él.

–No le hables así a tu madre –le replicó la anciana–. Soy yo quién debería vigilarte a ti.

–Desayuna –se limitó a ordenar Mike, depositando frente a ella un tazón de cereales con leche.

–Ya he desayunado –repuso ella, aunque tomó una cuchara y se puso a comer.

Mike colocó en la mesa dos platos de huevos revueltos con tostadas para Sherry y para él, y luego sirvió el café.

–¿Has visto cómo me trata? –preguntó Clara, señalando los huevos revueltos–. Me mata de hambre. Ni siquiera me deja probar el colesterol.

–No es bueno para tu salud y lo sabes –dijo Mike, haciéndole una seña a Sherry para que tomara asiento–. Deja ya de quejarte.

–¿Qué? ¿Pretendes que renuncie a todos los vicios? Si no puedo comer, al menos podré hablar, supongo.

Sherry se puso a desayunar con ganas, inmersa en la cálida y cariñosa atmósfera que Mike y su madre creaban con sus constantes disputas. Las comidas en la mansión de los Nyland solían ser muy solitarias, cada cual comía a una hora diferente y, las pocas veces que coincidían todos, las agrias discusiones entre Tug y Babe hacían intolerable la situación. Algunas veces, Sherry y Juliana comían solas tranquilamente, pero eso no sucedía muy a menudo.

Una vez terminado el desayuno, llevaron a Clara hasta el salón para que descansara y volvieron a la cocina.

–Y bien, ¿cuándo tengo que empezar a trabajar? –preguntó Sherry mientras ayudaba a recoger la mesa y a meter la vajilla en el lavaplatos

–¿Hoy mismo te parece bien? Piénsalo, el trabajo de camarera es duro y no se puede decir que hayas dormido mucho esta noche.

–Estoy perfectamente. Totalmente dispuesta a ponerme a trabajar –dijo Sherry con aplomo–. A no ser que tenga que comprarme un uniforme –añadió rezando para que sus cincuenta dólares fueran suficientes para cubrir el gasto.

–Las camareras van vestidas con ropa de calle. De vestir, eso sí.

–Genial. ¿A qué hora empiezo?

–En cuanto te quites la camiseta esa y te pongas un vestido decente. Abrimos a las once, pero sería aconsejable ir un poco antes para firmar el contrato, explicarte en qué consiste tu trabajo y enseñarte las instalaciones.

Sherry le dedicó la mejor de sus sonrisas a su nuevo jefe. Las cosas se ponían en marcha. Incluso los millonarios más boyantes habían tenido que empezar por alguna parte.

Mike le devolvió la sonrisa.

–Sonríe así a los clientes y todo irá estupendamente.

Leora había metido en la bolsa un vestido rosa con una chaquetilla azul a juego, que sería perfecta para su trabajo, aunque era lo único que tenía.

Mike la llevó en coche hasta el club y le presentó a Alice, la gerente del turno diurno. Después de quedar con ella en que pasaría a recogerla al final del día, él se marcho y la dejó a solas con el trabajo. Firmó un montón de papeles, vio las instalaciones y saludó al resto de los empleados, cuyos nombres olvidó de inmediato. Se aprendió la numeración de las mesas del restaurante y ocupó su puesto frente a la puerta de entrada, preparada para recibir a los primeros clientes del día. Esperaba fervientemente que, tal y como había prometido, Alice la ayudaría a salvar los posibles problemas que pudieran surgir. Con suerte, el día pasaría rápido, sin accidentes que lamentar. La puerta principal se abrió y entró un grupo de mujeres muy elegantes.

«Sonríe», se recordó Sherry.

–¿Cuatro para almorzar? –preguntó amablemente, dispuesta a seguir sonriendo mientras las acompañaba hasta la mesa.

En cuanto Mike llegó al club al final del turno de día, se encontró a Sherry esperándolo. Parecía acalorada y cansada, pero él estaba impresionado. Sabía que no era fácil trabajar durante todo el día de pie, sonriendo a un montón de extraños, ni siquiera para una chica normal, y menos aún para una joven que no se había ganado el pan en toda su vida. Pero era evidente que ella había aguantado la tensión.

Sherry se metió en el coche, se quitó los zapatos con un gemido y se derrumbó sobre el asiento, adoptando la misma postura que la noche anterior, cuando se había quedado dormida.

Mike se quedó mirando con arrobo la belleza de sus pies desnudos. Se frotó los ojos, pero la imagen no parecía querer apartarse de su mente. Volvió a mirarla y descubrió que el vestido rosa sin mangas se ajustaba a sus femeninas curvas como un guante.

–¿Cómo ha ido la cosa? –preguntó al fin para distraerse.

–Te juro que si una sola persona más me hubiera dado una palmada en la espalda para advertirme que este trabajo está muy por debajo de mis posibilidades y que debería volver a casa con papi para adueñarme de mi herencia, me hubiera pegado un tiro –dijo ella, retirándose un mechón de pelo de la cara–. A lo mejor debería recogerme el pelo en un moño. ¿Qué te parece? Daría una impresión mucho más profesional, creo.

Mike la miró y se encogió de hombros.

–No soy un experto en peluquería, precisamente.

–Es posible que me lo corte.

–Haz lo que quieras.

–Qué permisivo. La mayoría de los hombres prefieren el pelo largo en las mujeres.

–Es tu pelo.

–Cierto. Lo es –corroboró ella, satisfecha, dejando caer la cabeza hacia atrás con un suspiro–. No sabía que el trabajo de camarera pudiera ser tan agotador. La verdad es que tendría que haberme dado cuenta si alguna vez me hubiera parado a pensarlo, pero nunca lo hice.

Mike llevaba la vista clavada en la carretera desde hacía rato, pero se atrevió a volver a mirarla y le dio una palmadita en la mano.

–No te preocupes. Si no te gusta trabajar, siempre podrás recurrir a tu herencia.

Sherry lo miró con los ojos como platos, atónita. Mike tuvo que contenerse para no dejar escapar una carcajada. Y, de repente, con una expresión diabólica en los ojos, ella se incorporó en el asiento, abrió la boca y soltó un grito fuerte, largo y estremecedor. Cuando terminó, Mike se metió un dedo en el oído y se lo rascó para dar masaje al maltrecho tímpano.

–¿Te encuentras mejor? –preguntó con sorna.

–Mucho mejor.

Él sonrió y ella también.

–Nunca te habías dejado llevar por el instinto de esa forma antes, ¿eh?

–Jamás. Pero ha sido fácil, supongo que es una reacción que está firmemente inscrita en nuestro código genético. En el mundo del que yo procedo puedes beber hasta perder el sentido, decir todo tipo de idioteces y despreciar al servicio, pero jamás montar un escándalo –explicó Sherry, poniendo los pies desnudos sobre el salpicadero.

Mike se concentró en la carretera, no sin antes echar un vistazo a las impresionantes piernas de su compañera de viaje.

–¿Y lo hacías?

–¿El qué?

–Despreciar al servicio.

–¡Por supuesto que no!

Mike se rio de su tono de indignación y ella le propinó un puñetazo en el brazo, tal como Clara había hecho esa misma mañana. Una vez hecho el daño, Sherry se llevó las manos al rostro, arrepentida.

–Oh, no –exclamó–. No debería... Jamás tendría que... Lo siento.

Mike chasqueó la lengua.

–No te preocupes, no importa. Te he provocado y me lo merecía.

–Eso no es una excusa.

–No me has hecho daño. De hecho, creo que sería imposible que llegaras a hacerme daño, por más que lo intentaras.

Ella le dirigió una mirada torcida y él se retractó ligeramente.

–Bueno, quizá un poquito de daño, si te lo propusieras muy a conciencia. Pero estoy acostumbrado, mi madre me lanza puñetazos todo el día.

–Es una débil anciana.

–Querrás decir que es una anciana de carácter. Es posible que no debas quedarte con ella, si eso supone que vas a adoptar todos sus malos hábitos.

–Cállate –lo atajó Sherry con una sonrisa mientras entraban en el garaje.

–He llevado todas tus cosas a su casa –la informó Mike en el ascensor.

Entró con sus propias llaves a la casa de Clara y olisqueó el ambiente.

–Bien, hoy no ha estado guisando –le confió a Sherry antes de gritar–: ¡Madre, ya estamos en casa!

Ella yacía sobre un sillón con los ojos cerrados, sin moverse. Mike no sabía si lanzar una maldición o preocuparse. Si estaba haciéndose la muerta otra vez... Corrió hacia ella y se arrodilló junto al sillón.

–¿Mamá? –dijo, tomándole una mano.

–¿Se encuentra bien? –preguntó Sherry genuinamente preocupada.

–Madre, si estás jugando a hacerte la muerta de nuevo, más vale que abandones de inmediato o te juro que te voy a obligar a comer yogur a secas durante toda una semana.

Nada. Parecía que la anciana ni siquiera respiraba.

–Mamá, vas a asustar en serio a Sherry. Está preocupada por ti.

Ante semejante afirmación, la anciana parpadeó y Mike se relajó. Cada vez que su madre ponía en práctica el jueguecito, Mike se temía que pudiera ser el final. Pero a ella le gustaba asustarlo para que él demostrara su amor, y Mike estaba acostumbrado a permitírselo.

Clara abrió los ojos y bostezó ligeramente.

–Ah, sois vosotros. Creo que me he quedado dormida. Sherry, cariño, ¿qué tal en el trabajo?

–Perfectamente, señora Scott.

–¿Cómo te he dicho que quiero que me llames?

–Clara.

–Eso es. Y no te preocupes si vienes cansada, todo irá bien. Charlaremos tranquilamente sentadas.

–Gracias, me vendrá bien sentarme un rato.

–Bueno –intervino Mike–. Veo que todo va bien entre vosotras, así que me voy a trabajar. Pasadlo bien.

Sherry se lo pasó mejor atendiendo a la madre de Mike esa tarde que en todos sus años de vida familiar. Estuvieron viendo y comentando los álbumes de fotos familiares, riéndose especialmente de las anécdotas de la infancia de Mike. Finalmente devolvieron las fotos a la estantería.

–Lo hemos pasado bien –dijo Clara–. Pero ha llegado el momento de ponernos serias. Hay que comer.

–¿Qué le apetece tomar? –preguntó Sherry, tomando el listín telefónico. En su conversación con Mike sobre las necesidades de su madre, Sherry le había advertido que no sabía cocinar y él le había contestado que no importaba porque siempre podría llamar por teléfono a La Jolie para encargar lo que fuera. El restaurante ofrecía un menú de comidas sin sal y sin grasa para los clientes de salud delicada, aparte del normal.

–Me niego a comer ese alpiste –dijo Clara, señalando el listín–. Vayamos a la cocina a ver qué se puede preparar.

–Pero se supone que usted no debe cocinar.

–No lo voy a hacer yo, sino tú.

–Soy incapaz –confesó Sherry con un ataque de pánico–. Nunca he tocado un utensilio de cocina en toda mi vida.

–¿Y no crees que ya ha llegado el momento de aprender? –preguntó Clara, tomando asiento en la cocina–. Yo me quedaré sentada y te iré diciendo lo que tienes que hacer.

La anciana no parecía respirar bien y Sherry corrió hasta la sala para buscar la mascarilla de oxígeno. Clara respiró varias veces por el aparato y se encontró mejor.

–Gracias, cariño. Tiendo a cansarme más por las tardes.

–¿Está segura de que se encuentra bien? –preguntó Sherry horrorizada. No quería matar a la madre de Mike durante la primera noche que pasaban juntas. Tampoco quería perder tan pronto a la que ya consideraba una amiga entrañable.

–Estoy bien. Mira a ver qué hay en la nevera.

Sherry siguió las instrucciones de Clara. Descongeló unos filetes de bacalao en el microondas, puso agua a hervir para cocer el arroz y empezó a pensar que cocinar no solo podía resultar fácil, sino hasta divertido.

–Realmente no pretendo torturar a Mike, ¿entiendes? –dijo Clara de pronto–. Me refiero a cuando finjo que estoy muerta.

El repentino cambio de conversación sobresaltó a Sherry.

–¿No estaba durmiendo?

–El agua está hirviendo ya. Echa el arroz y ponle la tapa a la cazuela. Después, baja el fuego al mínimo. Así –lanzó un suspiro–. No es que estuviera fingiendo exactamente –explicó–, más bien practicando. O quizá deseando –añadió con lágrimas en los ojos –Sherry se acercó para consolarla–. Estoy muy cansada y echo mucho de menos a Richard. Estoy preparada para reunirme con él en el otro mundo. Pero no puedo abandonar a Mike. Está tan solo…

–Él la adora.

–Lo sé –dijo Clara, dando una palmadita de consuelo en la mano de Sherry–. Pero yo soy su madre y lo que necesita es una buena esposa –afirmó con un rayo de esperanza en la mirada.

–Yo no soy la persona adecuada –repuso Sherry rápidamente–. Apenas me tolera.

–Le gustas. Lo sé. Te parecerá que soy una vieja idiota, pero me gustaría romperle el cuello a esa mocosa –dijo, gesticulando con tanto énfasis que Sherry estaba casi hipnotizada–. La mataría. Ella lo dejó destrozado, le rompió el corazón. ¿Y ahora qué? Le dan tanto miedo las mujeres que creo que no se casará nunca.

–¿Mike?

–Claro, Mike. ¿De qué otro podría estar hablando?

–¿Qué pasó? –preguntó Sherry con una curiosidad inevitable.

–No soy yo quien deba contarte esa historia. Vigila el pescado, se dora muy pronto.

Sherry se dijo que no era asunto suyo saber en qué estado se encontraba el corazón de Mike, ni si su soledad era preocupante o no. El mero hecho de que su propia vida hubiese estado llena de soledad no quería decir que tuvieran algo en común. No significaba que cada uno de ellos fuera la solución adecuada para el otro. No significaba nada en absoluto.

La cena resultó asombrosamente sabrosa. Después, Sherry acompañó a Clara al sillón y la dejó allí con la televisión encendida y el mando de control remoto en la mano mientras recogía la cocina. Al cabo de unos minutos de inspección, descubrió cómo funcionaba el lavavajillas, lo puso en marcha y regresó al salón. Clara se había quedado dormida, arrullada por el soniquete de las falsas risas de una comedia familiar.

Sherry estaba hojeando distraídamente unas antiguas revistas, sin querer ceder a la tentación de volver a mirar las fotos de Mike, cuando oyó el teléfono. Probablemente sería él, para preguntar cómo iba todo.

–Residencia de los Scott. ¿Quién es?

–¿Sherry? ¿Eres tú?

–¿Juliana? ¿Cómo has conseguido este número de teléfono? –preguntó Sherry, llevándose el teléfono inalámbrico a la cocina para no molestar a Clara–. ¿Qué quieres? ¿Llamas de parte de Tug...?

–Tug no sabe nada. Solo deseaba comprobar que te encontrabas bien –la interrumpió Juliana con tono preocupado.

Sherry no quería preocuparla aún más. Su hermana era una persona dulce y tímida y, además, no podía hacer nada por ella.

–Estoy bien. ¿Cómo has encontrado este número?

–Estaba sobre la mesa del despacho de Tug. Él no sabe que yo lo tengo.

–Y él... ¿cómo lo ha conseguido? –preguntó Sherry con desánimo.

–No tengo ni la menor idea. ¿Importa eso? ¿Qué está pasando, Sherry? ¿Por qué te has marchado de casa?

–He pensado que me vendría bien enfrentarme al mundo real, cariño. Ya va siendo hora de que lo haga, ¿no te parece? –si no quería traicionarse necesitaba cambiar de conversación–. Y tú, ¿qué tal estás?

–Creo que voy a casarme.
–¿Qué? ¿Qué quieres decir?
–Que no es definitivo aún –Juliana se tomó un respiro–. Se trata de uno de esos matrimonios de conveniencia –explicó con voz apagada.
Le había llegado a Sherry el turno de preocuparse. Era increíble que Tug se hubiera atrevido a hacer con Juliana lo mismo que con ella. Su hermana era la favorita de su padre, un motivo de orgullo y alegría. También era posible que Tug estuviera metido en un lío financiero tan grande que no le importara sacrificarlas a ambas.
–Piensas negarte, ¿no?
–Creo que voy a aceptar. Si él me acepta a mí. Se trata de Kurt Collier, Sherry. Aunque la cosa no termine en boda, sí me gustaría que al menos fuéramos novios durante una temporada para poder disfrutar de la compañía de un hombre tan maravilloso como él.
Ahí estaba la diferencia, pensó Sherry. Tug había querido colocarle a un tipo desapasionado con cara de sapo, pero había elegido a uno de los mejores partidos de Palm Beach para Juliana.
–Ten cuidado, Julie. No pierdas la cabeza.
–Puede que ya sea demasiado tarde para pensar en eso –rio Juliana–. ¿Te has dado cuenta? Una mujer como yo con un hombre de la categoría de Kurt. Sería espléndido. El único problema es que tengo que hacer un esfuerzo permanente para recordarme que no se trata de amor, sino de negocios familiares.
–No dejes que Tug y Babe te obliguen a hacer

algo que no desees. Podemos vivir juntas, si lo prefieres.

–Gracias, Sher, pero no creo que sea necesario.

–¿Qué dice Tug de mí?

–Casi se volvió loco cuando te fuiste de casa.

Eso no era cierto, pero Sherry prefirió no angustiar a Juliana con la verdad. Al menos, de momento.

–¿Le ha dado tiempo a calmarse?

Juliana dudó unos instantes antes de contestar.

–En realidad, no. Sigue vociferando como una fiera. Hace un par de horas lo he oído hablar de ti por teléfono con alguien. Sabe dónde estás. Por eso fui a registrar su despacho para ver si encontraba tu dirección. ¿Estás segura de que te encuentras bien? ¿Dónde vives?

–Vivo con una anciana encantadora. Me ocupo de cuidarla. Estoy bien, de veras.

–Me alegro de saberlo. Llámame de vez en cuando y cuéntame cómo te va. Soy la única hermana que tienes, lo sabes, ¿no?

–Lo sé. Cuídate. ¿Me oyes, Juliana?

–Lo haré. Te lo prometo.

Sherry colgó y devolvió el aparato de teléfono al salón. Comprobó que Clara seguía durmiendo o, al menos, eso parecía.

La idea de que su padre hubiera descubierto dónde se encontraba la aterrorizó. ¿Qué pasaría si se presentaba en casa de Clara, armando un jaleo, para buscarla? Cuando su padre se ponía de mal humor, era más peligroso que un toro bravo en un almacén de cerámica. Tumbaría a Clara de un puñetazo en cuanto esta abriera la boca, sin pensar en las consecuencias. Y, con lo frágil que era la anciana, lo menos que podía pasarle era que se rompiera una cadera, sino algo peor. Además, su corazón era demasiado débil como para exponerla a ninguna clase de disgusto. Podía sufrir un ataque cardiaco y perder la vida.

Sherry necesitaba convencer a Tug de que debía olvidarse de ella. Tenía que encontrar otro sitio para vivir, donde se sintiera más a salvo y apartar a Clara de sus problemas personales. Pero sin dinero, no podía marcharse a ninguna parte. Necesitaba un poco de tiempo. Al cabo de tres meses y dieciséis días, cumpliría los veinticinco años que le darían derecho a tomar posesión de su fortuna. A partir de ese momento, dispondría del suficiente dinero como para hacer de su vida lo que quisiera. Pero hasta entonces, tendría que enfrentarse a Tug.

Lo había visto muchas veces fuera de control, pero siempre en sus arrebatos contra Babe, nunca por causa suya. Lo que sí era cierto era que el tono de las discusiones se había agriado considerablemente durante los últimos meses. Y Sherry había descubierto la razón en cuanto había tenido que empezar a contestar inocentemente las llamadas telefónicas de los acreedores de su padre, porque él se negaba a atenderlos. Parecía que Tug y Babe se las habían arreglado para dilapidar enormes cantidades de dinero. Aún poseían la mansión y la finca, pero no los creía capaces de renunciar a su tren de vida a pesar de las deudas. Sherry pensó que habían decidido mantener las apariencias hasta ver a sus hijas casadas con hombres adinerados y salvarse así de una vejez venida a menos.

Sin embargo, no lo creía capaz de llegar a la violencia física con ella. Si la desfiguraba, no habría forma de casarla. Era obvio que cuando la había echado de casa, lo había hecho con la esperanza de que ella regresara arrepentida, dispuesta a plegarse a todos sus planes. Pero ella no había caído en la trampa. ¿Qué nueva táctica estaría maquinando su padre? ¿El secuestro?

Sherry no creía que su padre fuera capaz de abandonar los planes que había trazado para ella tan fácilmente. A no ser que ella encontrara la manera de no estar disponible. Tug no podría casarla con Vernon... si ella ya estaba casada con otro hombre.

Capítulo Cuatro

Mike llegó a casa poco después de medianoche, más pronto de lo habitual, con el fin de comprobar qué tal iban las cosas con su madre y la señorita Nyland. Se encontró a Sherry sentada en el suelo del pasillo, delante de su apartamento, con las piernas cruzadas y vestida con unos pantalones cortos y una diminuta camiseta azul.

–¿Hay algún problema? –preguntó él–. ¿Está bien mi madre? Te dejé ni número de teléfono por si...

–Ella está bien. Duerme como un bebé.

Él ralentizó el paso.

–Entonces..., ¿qué haces tú aquí afuera? Tienes que volver al trabajo mañana y ya es un poco tarde, ¿no?

–No tan tarde como ayer por la noche.

–Eso es cierto –admitió él, resistiendo la tentación de tomarla en brazos y ponerla de pie–. ¿Estabas esperándome? ¿Necesitas algo?

–Quería hablar contigo. Quiero hacerte una propuesta.

–Parece algo serio –dijo observando una sombra de temor en sus ojos–. Vamos, cuéntamelo –añadió ofreciéndole la mano para tirar de ella–. Entremos en mi apartamento y hablemos.

Sherry se dejó levantar. Él abrió la puerta y le cedió el paso para que lo precediera.

–Y bien, ¿qué pasa? –preguntó él.

–Mike... –empezó ella, retorciéndose las manos con nerviosismo.

–Dime.

–¿Aceptarías casarte conmigo?

Mike se la quedó mirando. Cerró los ojos y luego volvió a abrirlos como si pretendiera conjurar una extraña alucinación. Pero ella seguía allí, retorciéndose las manos aún, con expresión ansiosa.

–Repite, por favor –pidió, incrédulo.

–¿Querrías casarte conmigo? Sé que parece una locura, pero es la única solución.

–¿La única solución para qué, cariño?

–No me llames «cariño».

–¿Por qué? Acabas de pedirme que me case contigo, cariño.

–Porque no lo sientes. Además, lo que te he pedido no es exactamente que te cases conmigo.

–¿Que no? Cielos, a mí me parece que sí.

–Cálmate y permíteme que te lo explique. Ya verás como no tiene la menor importancia.

–Para mí sí la tiene, y mucha –dijo él paseando nerviosamente por la cocina.

–Mike, por favor.

La súplica de su voz lo hizo detenerse. Volvió el rostro hacia ella con los brazos cruzados. Era imposible que una simple explicación le restara importancia al asunto. Nada sería capaz de convencerlo para dar un paso tan importante. Aunque desde que la había conocido hubiera soñado con recorrer las curvas de su cuerpo por las noches, no estaba dispuesto a hacer una cosa así. Pero escucharía lo que ella tenía que decirle. Era evidente que algo la preocupaba y deseaba enterarse.

–De acuerdo, habla.

–Me recibido una llamada de Juliana al número de teléfono de tu madre. Mi padre sabe dónde estoy, aunque no sé cómo lo ha descubierto.

Mike lanzó una imprecación. No conocía al padre de Sherry, pero no le gustaba la idea de que un hombre que había sido capaz de echar a su hija de casa supiera la dirección de su madre, a pesar de la seguridad del edificio.

–¿Qué tiene eso que ver con la idea de casarme contigo? ¿Es por dinero?

–No estoy segura –contestó ella frunciendo el ceño–. Probablemente. ¿Por qué si no?

–¿Cómo puedes no estar segura? O quieres el dinero o no –dijo él con furia. Las jóvenes herederas eran todas iguales. Maldita fuera por acabar de demostrarlo. Y maldito fuera él por seguir deseándola.

–No me distraigas –pidió Sherry–. Déjame que te lo explique, ¿de acuerdo?

–De acuerdo.

–Juliana me dijo que mi padre sigue furioso y no creo que ni él ni Vernon estén dispuestos a darse por vencidos hasta que no consigan lo que se proponen.

–¿Qué tiene eso que ver con que quieras casarte conmigo?

–Si me caso con alguien, dejaré de estar disponible y no podrán llevar sus planes a cabo. No sé por qué están tan empeñados en celebrar esa boda, pero creo que tiene que ser una simple cuestión de dinero. No estoy segura, pero creo que Vernon se ha ofrecido a pagarle una cantidad a Tug para que yo me case con él. La verdad es que no entiendo por qué nadie querría hacer una cosa así, pero es la única explicación que se me ocurre.

Mike sí se lo explicaba; no tenía más que recorrer con los ojos su preciosa cara y su estupenda figura, pero no pensaba decirlo en voz alta.

–Si me caso –prosiguió Sherry–, Vernon tendrá que renunciar a mí. Y solo necesito estar casada hasta que cumpla los veinticinco años. A partir de ese momento, puedo divorciarme.

–¿Por qué son tan importantes los veinticinco años?

–Porque podré disponer de mi herencia materna.

–¡Lo sabía! –exclamó Mike con una mueca. Había deseado que Sherry fuera una mujer diferente, pero ya estaba claro que era igual a las demás.

–Solo necesito un poco de tiempo. Necesito detener a Tug hasta que pueda disponer de mi dinero. Tengo unos veinte millones, más o menos. Puedo compensarte por el favor que te pido.

A Mike se le heló el alma, aunque tenía la edad suficiente como para saber que el dinero era siempre lo más importante. Y esa mujer no era una excepción, a pesar de que, en ese caso, era ella la que ofrecía dinero en vez de pedirlo; pero la situación no cambiaba mucho.

–¿Eso es lo que piensas? ¿Que estoy en venta?

–¡No! No es eso lo que pretendo. ¿No te has dado cuenta de que yo tampoco estoy dispuesta a dejarme comprar?

–¿Por qué no? Eso es lo que suelen hacer las mujeres de tu clase, ¿no? Comprarse y venderse. Acordar fusiones empresariales en vez de matrimonios por amor.

–Algunas, posiblemente. Pero no yo.

–Ya. Pues yo he creído entender que solo quieres casarte conmigo para poder acceder a tu herencia. Es prácticamente lo mismo, ¿no?

–El dinero no me importa realmente. Lo que deseo es poder quitarme a mi padre de encima. Podré comprarme una casa segura y un coche.

–Pero el dinero sigue siendo lo fundamental, por lo que veo.

–El dinero solo es un instrumento –insistió Sherry con un suspiro–. El problema está en que mi padre quiere que me case con Vernon Greeley y no sé hasta dónde es capaz de llegar.

–¿Puede ser violento?

–No lo sé. No lo creo, pero.... –Sherry parecía frágil y vulnerable–, la verdad es que no lo sé.

Mike reanudó su paseo por la cocina, mesándose los cabellos. No deseaba creerla, aunque su historia resultaba plausible. Pero no le gustaban los enredos.

–No lo entiendo –dijo–. Preferías dormir en la playa antes que casarte con ese Vernon por dinero. Pero ahora quieres hacer lo mismo conmigo.

–No es lo mismo.

–¿Cuál es la diferencia?

–Tú no eres Vernon.

–¿Y piensas que voy a ser más fácil de manejar? ¿Es eso? –preguntó, dando un palmetazo sobre la pared, lo suficientemente fuerte como para que los cuadros oscilaran, antes de volverse hacia ella–. ¿Piensas que vas a poder encerrarte en el dormitorio y dejarme afuera? Eso funciona cuando se trata de una persona invitada, no de mi esposa.

Mike la tomó por la muñeca y la atrajo hacia sí, luego le pasó un brazo por los hombros y le metió la mano entre el pelo para sujetarle la cabeza en la posición adecuada para hacer lo que llevaba deseando hacer desde el día en que la había conocido.

Empezó por un beso, con la boca abierta y voraz. Sherry se puso rígida e intentó apartarse, pero la insistencia de él acabó con sus defensas y se rindió al placer, hundiendo las uñas en su espalda. Se dejó acariciar la boca, abierta y complaciente, entregándole lo que él deseaba. Mike frotó las caderas contra las suyas, entregado a la pasión y ella lo correspondió, pero de pronto se dijo que eso no era lo que él pretendía. Lo que de verdad hubiera deseado era ahuyentarla, aterrorizarla, y sin embargo, el aterrado era él.

Solo se conocían desde hacía veinticuatro horas, pero ya sabía que podría llegar a enamorarse de esa mujer, y no quería hacerlo. No podría sobrevivir a un segundo fracaso y sabía que cualquier cosa que sucediera entre ellos no podría durar para siempre.

Ella estaba convencida de que él era un simple asalariado y solo estaba interesada en él para resolver su problema familiar. Lo normal sería que en cuanto se enterara de que él era aún más rico que ella, su actitud cambiara, pero no sería sincera, como él bien había aprendido de la vida. No podía hacer lo que le había pedido, incluso sin descubrir su secreto, y tampoco podía permitirse el lujo de volver a besarla otra vez. Se separó de ella.

–No funcionaría –dijo a modo de explicación.

–Yo... –balbuceó Sherry, lamiéndose los labios–. Yo no tendría inconveniente, ya sabes a lo que me refiero, a tener vida sexual contigo. Ningún inconveniente.

Ella lo estaba volviendo loco. Mike se mesó los cabellos.

–¿Por qué yo? ¿Por qué yo y no Vernon? –necesitaba saberlo.

–Tengo confianza en ti. Eres un buen hombre. Vernon... no lo es.

Mike detuvo su paseo y se giró para mirarla.

–¿Qué quieres decir?

–Yo... –ella estaba retorciéndose las manos de nuevo–. No estoy completamente segura. Es difícil de explicar. La gente dice que los ojos marrones son cálidos y amables, pero los de Vernon son fríos y desagradables. Me mira como si fuera un objeto y no una persona. Y me hace daño.

Sherry levantó un brazo para mostrar unos cardenales.

Mike se enfureció. ¿Quién se pensaba que era ese hombre para tratar así a una mujer?

–Ese hombre me da miedo –prosiguió Sherry.

–Juro que no volverá a tocarte –dijo Mike, atrayéndola hacia sí para abrazarla y acariciarle el pelo hasta que notó que empezaba a relajarse. Renunció a hacer caso de su erección, creía que un hombre podía controlar sus instintos, estar por encima de la presión de las hormonas.

–Entonces, ¿vas a casarte conmigo?

–No, pero voy a protegerte.

–¿Cómo? –preguntó ella levantando la cabeza para mirarlo a los ojos–. Tú tienes que trabajar y yo también.

–No creo que tengan los arrestos suficientes como para secuestrarte en plena calle o irte a buscarte al club.

–¿Y si lo hacen? Juliana me dijo que Tug estaba tan embravecido que la había asustado.

–Te pondré en el turno de noche, conmigo. Si tu padre está tan desesperado como piensas, no tardará mucho en intentar lo que sea. Puedo hacerte de guardaespaldas durante un par de días.

–¿Y qué pasará con tu madre? Necesita que alguien la acompañe mientras nosotros trabajamos. Y si a mi padre se le ocurre ir a buscarme a su casa, temo que se ponga tan furiosa que le dé un ataque al corazón. No quiero que sufra ningún daño.

–Puede marcharse a pasar unos días a casa de una de mis hermanas hasta que la situación se serene.

–¿Y qué pasará si no se calman rápidamente?

–preguntó ella mordiéndose un labio con aprensión–. Mientras yo siga soltera...

–No creo que las cosas vayan a ponerse tan feas, pero si sucede algo, actuaremos sobre la marcha. No te preocupes, todo va a salir bien, te lo prometo –dijo Mike deseando poder cumplir su promesa.

Al día siguiente, después de haber discutido la situación con Clara durante toda la mañana, Sherry la ayudó a hacer el equipaje mientras Mike hablaba por teléfono con su hermana.

Sherry se concentró en sus circunstancias. No podía decirse que pedirle a un perfecto extraño que se casara con ella fuera precisamente un rasgo de sensatez propio de una mujer independiente. Pero ¿hasta qué punto le importaba de veras la independencia? Sabía por propia experiencia que nadie era capaz de ser autosuficiente por completo. Todo el mundo necesitaba el apoyo y la compañía de los demás.

Así pues, necesitada de apoyo temporal, le había pedido a Mike que se casara con ella. ¿Y qué? Eso no significaba que estuviera enamorada de él. Ni su beso significaba tampoco que él lo estuviera de ella. La había besado salvajemente para aterrorizarla. Pero tendría que hacer un esfuerzo para olvidar cómo una corriente de placer había recorrido todo su cuerpo.

No estaban enamorados, esa era la buena noticia. Así ninguno de los dos sufriría. Ella no pensaba enamorarse de nadie que no la correspondiera, y Mike no estaba entre los candidatos. Aunque había prometido protegerla, a pesar de haberse negado a casarse con ella. Sin embargo, se sentía culpable por estar causándole tantos problemas.

–¿Va todo bien? –preguntó Mike apareciendo de repente en la habitación y sobresaltándola.

–Todo preparado –contestó Sherry forzando su mejor sonrisa.

–Me refería a si tú te encontrabas bien. Te noto preocupada. Tranquilízate, si pasa algo con tu padre, yo estaré allí para defenderte.

–¿Estás seguro? No puedo evitar pensar que tu vida sería mucho menos complicada si me mostraras la puerta y me dijeras adiós.

Su sonrisa no fue de mucha ayuda.

–¿Por qué? ¿Por qué crees tú que yo iba a hacer una cosa así?

–Porque te estoy destrozando la vida. Has tenido que mandar a tu madre a casa de tu hermana y ya no podré ocuparme de cuidarla, que fue lo primero que me propusiste...

–No –dijo Mike poniendo un dedo sobre la boca de Sherry–. Te pedí que te quedaras porque no tenías adónde ir.

Ella sintió una quemazón en la boca al contacto con su dedo, pero su amabilidad la tocó aún más hondo. Tuvo que luchar para que las lágrimas no inundaran su rostro.

–¿Por qué eres tan bueno conmigo? Ni siquiera me conoces.

–Trabajas para mí.

–No sería así si tú no hubieras sido tan amable como para ofrecerme ese trabajo.

–Trabajas para mí –repitió Mike con énfasis–. Y me gusta cuidar de mis empleados.

–Supongo que no los invitas a todos a vivir en casa de tu madre, ¿no? –bromeó ella.

–Pero solo porque ella los aterroriza –dijo él con una sonrisa de complicidad–. Créeme, lo he intentado. Además, tú le gustas. Si te dejara marchar, convertiría mi vida en un infierno. Por no hablar de que ya he prometido ayudarte. No pienso desdecirme.

–¿Aunque eso fuera lo más inteligente que podrías hacer?

–Incluso así –aseguró Mike, levantando la maleta–. Quizá no sea la postura más inteligente, pero sí la más noble. Y así es como me gusta a mí hacer las cosas. Vamos. Tenemos que llevar a mi madre a casa de mi hermana.

–¿Quieres que vaya contigo? No es necesario que me entrometa más en vuestros asuntos familiares –dijo ella con un deje de extrañeza.

–No quiero que te quedes aquí sola.

Mike dejó a su madre cómodamente instalada en casa de su hermana mayor al oeste de Palm Beach.

En el viaje de vuelta, sonó su teléfono móvil, lo cual fue una sorpresa porque apenas lo utilizaba, solo por cuestión de negocios.

–¿Sí?

–Hola, Mike. Soy Alice.

Mike se enderezó al volante. La gerente del turno de día jamás lo llamaba si no se trataba de una auténtica emergencia.

–Dime, ¿qué pasa?

–Me dijiste que te llamara si alguien venía preguntando por la nueva camarera, Sherry, ¿no?

Mike sintió un escalofrío, pero evitó mirar a su acompañante porque no quería alarmarla si no era necesario.

–Efectivamente.

–Ha venido alguien. Un hombre alto, robusto, de mediana edad, con pelo rubio y la cara roja. Preguntó por Sherry y yo le dije que no estaba aquí. Preguntó si trabajaba en el club, pero yo me limité a contestarle que si deseaba sentarse a almorzar. Se marchó.

Mike miró a Sherry.

–¿Tu padre responde a la descripción de hombre robusto y rubio con la cara roja?

–Es él –contestó ella con el ceño fruncido–. ¿Por qué?

–Ha ido al club a preguntar por ti. Pero se ha marchado sin armar jaleo.

–No exactamente –rectificó Alice por teléfono–. Farfulló y gritó un poco antes de irse, pero no rompió nada.

–¿Crees que volverá?

–No sabría decirte –contestó Alice.

–Probablemente –apuntó Sherry–. Tug es muy cabezota. Cuando se propone algo, no abandona la idea fácilmente.

–Gracias, Alice –se despidió Mike–. Si vuelve a pasar alguna otra cosa, llámame, por favor.

–Por supuesto, jefe.

Mike desconectó el teléfono y se lo metió en el bolsillo de la camisa. No pensaba que ese hombre, el padre de Sherry, fuera realmente peligroso; pero las cosas se tornaban cada vez más feas.

–Quizá deberías quedarte en casa –le propuso a Sherry.

–No –dijo ella–. Puede que haya huido, pero no pienso esconderme. Tú necesitas ayuda en el club y yo tengo que trabajar para vivir.

Él no tuvo más remedio que sonreír ante su firme determinación, a pesar del peligro que estar a la vista del público suponía para ella. Toda su actitud le hacía dudar que fuera la típica millonaria, de que su única preocupación en la vida fuera darse tiempo para atrapar la herencia y empezar a divertirse.

Quizá debería contarle que él también era millonario. De ese modo, el talante de ella cambiaría y él se convencería de que era exactamente igual que el resto de las mujeres jóvenes y adineradas de Palm Beach. Ella dejaría de atraerlo inmediatamente. Sin embargo, también era verdad que, si ella no se enteraba, jamás se sentiría interesada por él. Y si ella no se interesaba, él estaba a salvo.

–Puesto que vas a hacer el turno de noche conmigo y aún faltan cuatro horas, ¿hay algo en especial que quieras hacer?

Ella se miró los pantalones cortos que, junto al vestido rosa y las dos camisetas, eran toda la ropa que tenía.

–¿Ir de compras? Solo tengo un vestido para trabajar y, al menos, debería poder cambiarme de ropa. Quizá unos pantalones y una blusa podrían servir.

Mike se enfureció al recordar que Sherry había sido expulsada de su casa sin que se le permitiera llevarse sus cosas.

–Quizá deberíamos ir a tu casa para recoger tu equipaje –propuso.

–En otro momento, ¿de acuerdo? Me temo que soy un poco cobarde. Me da la impresión de que si vuelvo a entrar en esa casa, jamás podré volver a salir. Además, todo el mundo se pondrá furioso y empezará a lanzar insultos a diestro y siniestro.

–De acuerdo. Vamos de compras, pues –accedió él, aunque el plan no le resultara tentador.

Condujo hasta el centro comercial más cercano, resignado a pasar una tarde... incómoda.

La siguió de tienda en tienda, sorprendido de que solo se fijara en los saldos, que escrutaba con diligencia y soltura, haciendo una pausa de vez en cuando para estudiar detenidamente una prenda. Cuando entraron a la decimoctava tienda, Mike estaba ya desesperado.

–¿Aún no has encontrado nada que merezca la pena? –preguntó, con los pies molidos.

–He visto un par de cosas que pueden servir. Los pantalones de seda negra tenían buen aspecto, pero eran un poco caros. Creo que puedo encontrar algo mejor.

–¿Pretendes decirme que vas a entrar a todas las tiendas del centro comercial? –preguntó Mike, atónito.

Ella le guiñó un ojo.
–Pues... sí. ¿Cómo piensas si no que se consiguen las gangas? Puedes esperarme en alguna cafetería.
–Imposible. No quiero dejarte sola. ¿Por qué no eliges algo y lo compras, sencillamente?
–Porque solo tengo cincuenta y tres dólares en el monedero.
–¿Y tus tarjetas de crédito?
–Canceladas. Mi padre se ocupó de ello.
–Déjame que lo pague yo –dijo, sorprendiéndose a sí mismo.
–Me niego en rotundo –dijo ella.
También debería haber previsto esa respuesta. Sherry se las había arreglado para discutirle todas y cada una de las sugerencias que le había hecho durante el día.
–¿Por qué no? Escucha: merece la pena si eso significa que por fin podremos salir de este lugar.
–Ya te he dicho que no. Lo siento, pero no –dijo ella, poniéndose otra vez en marcha.
–¿Por qué no? –insistió él, siguiéndola con desesperación–. Tómatelo como un anticipo de tu salario, si lo prefieres.
–¿Es que no me escuchas? La respuesta es «no». Ya has hecho demasiado por mí. Me niego a que sigas ayudándome. Te he complicado la vida, he echado a tu madre de casa...
–A ella le encantará tener la posibilidad de torturar a Nina y a sus hijos durante unos días –la interrumpió Mike–. Disfruta con cada nueva víctima. Pero ¿no podrías acelerar un poco las cosas, por favor? ¿Estás segura de que no has visto

nada interesante en los millones de tiendas que hemos visitado?

Ella lo miró durante unos instantes y luego se echó a reír.

–De acuerdo, iremos a ver esos pantalones de seda y me los probaré. Si me quedan bien, me los quedo. Y luego iremos a ver una blusa blanca en la que también me he fijado. Si hay suerte, saldremos pronto de aquí.

–Gracias.

Mike tomó la delantera, aunque sabía que si quería protegerla lo lógico sería ir detrás de ella. Pero eso suponía verla andar, lo cual era demasiado para sus sentidos. En el fondo, le había gustado que ella rechazara su dinero. De esa manera podía estar seguro de que si se interesaba por él, lo hacía con el alma, y no por lo que pudiera obtener a cambio.

Capítulo Cinco

A Sherry le dolían los pies. El turno de noche tocaba a su fin, aunque aún entraban algunos clientes tardíos a tomar una cena rápida en el restaurante atestado de alegres grupos que ya estaban en los postres, y de elegantes parejas que habían escogido las esquinas tenuemente iluminadas y pedido un buen vino.

Acababa de sentar a un grupo de ruidosos jóvenes en una de las mesas del bar y ya se estaba dando la vuelta para volver a su puesto junto a la puerta, cuando se vio izada por detrás y acabó desmadejada en el regazo de un joven muy borracho. Incorporó la cabeza para escapar de su aliento tóxico y del beso en la boca que estaba a punto de recibir. La boca del borracho aterrizó sobre su oreja y Sherry sintió un escalofrío de asco.

–¡Únete a nuestra juerga, muñeca! –gritó el joven con voz pastosa.

–No, gracias –dijo Sherry con toda la frialdad de que fue capaz mientras se las arreglaba para ponerse en pie. Sabía por experiencia que la gélida indiferencia era preferible al enfado cuando se trataba de deshacerse de una persona con unas copas de más.

El joven borracho extendió las manos en un gesto de disculpa.

–Solo pretendía ser sociable –dijo con una sonrisa.

–No es necesario –contestó Sherry, volviendo a la puerta con la esperanza de que el incidente le hubiera pasado desapercibido al resto de los clientes.

Vio cómo Bruno le hacía gestos con la mano desde la barra y se acercó para ver qué quería.

–¿Te encuentras bien? –preguntó él en voz baja–. Lo he visto todo.

–Estoy bien, pero me temo que lo intenten de nuevo –dijo con una voz algo temblorosa mientras el grupo de borrachos soltaba una carcajada general. Debían de estar pasándoselo en grande.

Mike le había comentado que le había pedido a Bruno que vigilara a Sherry por si se presentaba algún problema. Claro que él se refería a Tug y no a un grupo de estudiantes borrachos.

–Voy a pedirle a Mike que se dé una vuelta por aquí –dijo Bruno, descolgando el teléfono interior–. No le gusta que los clientes alboroten. Se supone que trabajamos en un club de lujo.

–¿Y qué puede hacer él para evitarlo?

–Echarlos –contestó el camarero con una mueca antes de cambiar de tono–: Disculpe, señorita, me refería a escoltarlos amablemente hasta la puerta.

Sherry frunció el ceño con preocupación. Mike era un tipo fuerte y musculoso, como bien sabía después de haberlo visto semidesnudo saliendo de la ducha, pero tendría que enfrentarse con todo un grupo de jóvenes envalentonados por la bebida.

–No te preocupes –la consoló Bruno–. Mike puede manejarlos con una sola mano. No volverán a molestarte.

–¿No lo reverencias demasiado? –preguntó Sherry con una sonrisa.

–Me ha proporcionado este estupendo puesto de trabajo. Se ha asegurado de que me concedieran una de las becas que regala la empresa. Me permite compatibilizar los horarios de estudio con los de trabajo. Y, además, es un imán para las mujeres. Lo cual es estupendo, porque él las rechaza a todas y yo me quedo con los restos.

–Cielos, qué barbaridad. Menos mal que yo no tengo el menor magnetismo. Así me libro de acabar llorando desconsoladamente entre tus brazos –bromeó Sherry. Sabía que Mike le gustaba, incluso lo admiraba. Y le estaría eternamente agradecida, pero no se sentía magnetizada por él.

–En este caso, preciosa –dijo Bruno–, el imán eres tú. ¿O es que no te has dado cuenta? –añadió señalando con la cabeza al grupo de borrachos.

–¿Qué pasa? –preguntó Mike, apareciendo de la nada y tocando con ligereza el codo de Sherry–. ¿Estás bien?

Ella se apartó un poco, excitada por el contacto. Pero se dijo inmediatamente que todo lo que sentía por él era respeto, gratitud y admiración.

–Perfectamente –contestó–. No es la primera vez que tengo que deshacerme de un borracho.

–Mientras trabajes aquí, prefiero que me dejes a mí ocuparme de ellos –dijo él con una rápida sonrisa antes de mirar hacia el grupo en cuestión

Sherry maldijo para sí la idea de sentirse más segura en su presencia. No deseaba empezar a pensar en que lo necesitaba.

Mike le apretó la mano antes de alejarse en dirección a la mesa de los alborotadores.

–¿Ves? –dijo Bruno–. El imán eres tú.

Sherry chasqueó la lengua. No estaba dispuesta a que surgiera una corriente de magnetismo entre ellos.

–Vuelvo a mi puesto –anunció.

–De acuerdo –se despidió Bruno guiñándole un ojo.

Ella le sacó la lengua y regresó junto a la puerta, donde afortunadamente no había nadie esperando. Tenía que reconocer que Mike era diabólicamente guapo y una gran persona. Pero eso solo significaba que era un regalo para la vista, y limitarse a mirar no podía ser peligroso. Lo verdaderamente peligroso sería desearlo.

Mike dijo algo que no pareció gustar mucho al ruidoso grupo. Uno de ellos se puso en pie; era un hombre gigantesco, más alto que Mike. Sherry se dio cuenta de que su ritmo cardiaco se había puesto al galope. Todos ellos eran enormes y parecían atletas aunque, al parecer, solo uno de ellos se había atrevido a desafiar la autoridad del gerente explícitamente. De momento.

Y, de repente, casi como por ensalmo, pareció cambiar el cariz del asunto. La expresión del muchacho que estaba en pie pasó de la furia al dolor mientras Mike le retorcía discretamente el brazo. El resto optó rápidamente por la sumisión. Mike habló de nuevo, señalando con la cabeza la puerta de la calle, y los cuatro hombres se apresuraron a abandonar el local.

–Lo siento –musitó el atacante de Sherry al pasar delante de ella.

Mike los escoltó hasta la puerta.

–Estoy seguro de que el club Cabana será de vuestro agrado –dijo–. Está muy cerca, en dirección a la playa –añadió, cerrando la puerta detrás de ellos.

–Estoy impresionada –dijo Sherry con emoción–. La verdad es que estaba un poco preocupada, la lucha era muy desigual.

–¿Estabas preocupada? ¿Por mí? –se asombró Mike mientras se ajustaba la chaqueta del traje sin apartar la vista de sus ojos.

Sherry se dio cuenta de que tendría que hacer o decir algo para restar intensidad a la situación.

–Por supuesto. Si uno de esos tipos te hubiera roto el cuello, no hubieras podido protegerme de Tug –dijo con tono de guasa.

Afortunadamente, él decidió tomárselo a risa.

–Me las sé arreglar yo solito.

–¿Cómo has aprendido a ser tan persuasivo?

–Cuando terminé el bachillerato, no quería seguir estudiando por el momento y me enrolé en la Marina. Allí aprendí muchas cosas interesantes.

–¿Has sido soldado de la Marina? –preguntó Sherry, asombrada, estudiando su bien cortado traje de color gris perla–. No me lo puedo creer.

–Pues es cierto.

Al fin se abrió la puerta de entrada para dar paso a una pareja vestida con trajes de diseño y Sherry volvió a su trabajo con alivio.

Transcurrieron dos días sin incidentes y Mike empezó a relajarse. O al menos se relajó todo lo que era posible relajarse con una rubia de piernas interminables rondando por ahí todo el día y durmiendo en el apartamento de al lado sin compañía. En ese momento estaba menos preocupado por la seguridad de ella que por la suya propia. Sabía que estaba empezando a apreciarla más de lo que deseaba. La había acogido por caridad y no quería que la cosa pasara de ahí.

Mike estaba contento de que su padre no hubiera aparecido. Con el paso del tiempo, las posibilidades de que aún lo hiciera disminuían. Dejaría pasar unos días más y, si todo seguía tranquilo, se traería a su madre de vuelta a casa y volvería a asignar el turno de día a Sherry para que pudiera cuidarla. Y él pudiera empezar a olvidarse de ella de nuevo. Quizá podría intentar que le devolvieran el coche, para no tener que seguir yendo a recogerla al trabajo.

Estaba trabajando en el estudio financiero de un nuevo restaurante que acababa de comprar en el oeste de Palm Beach. La familia Trang era muy trabajadora y hacía todo lo posible para sacarlo adelante, pero el local necesitaba una buena inversión y algunos consejos de gestión empresarial. Estaba casi seguro de que, si todo salía según lo previsto, podrían ganar el dinero suficiente como para volvérselo a comprar en un par de años. Mike se había hecho millonario a base de comprar negocios ruinosos, invertir en ellos y revenderlos con un amplio margen de beneficio cuando volvían a ser rentables. En aquel momento, poseía participaciones en más de una docena de negocios en Florida y un empresario de Savannah se había puesto en contacto con él el día anterior para ofrecerle algo nuevo.

Estaba empezando a hojear los documentos del Chez Buza de Savannah, cuando sonó el teléfono.

–¿Sí? –contestó distraídamente.

–Jefe, es mejor que baje de inmediato –dijo Bruno–. Se ha armado un lío terrible. Sherry...

–Voy ahora mismo –contestó Mike, colgando el teléfono y poniéndose a toda prisa en marcha.

Bajó las escaleras a la carrera, de tres en tres, y se detuvo un momento en la cocina para atusarse el cabello y colocarse la corbata, con el fin de que se impusiera el control sobre la furia que sentía. No tenía ningún sentido alarmar a los clientes, aunque estaba casi seguro de que se había presentado el padre de Sherry.

Cuando Mike salió de la cocina, Sherry no estaba en su campo de visión e interrogó a Bruno con los ojos.

–Acaba de llevársela afuera. Es un tipo alto, robusto y rubio, con la cara roja. Ella no quería irse con él, pero tampoco deseaba montar un escándalo en el club.

Mike lanzó una imprecación.

–Debería haberlo hecho. De acuerdo, gracias, Bruno. Ya me ocupo yo, tú puedes volver al trabajo.

–Claro, Mike.

Los vio en la acera, con las figuras teñidas del color rosa que emitían las farolas nocturnas.

Sherry trataba de soltarse del enorme brazo que tiraba de ella e intentaba meterla en un lujoso coche negro aparcado en el arcén.

–Sherry, ¿te está molestando este caballero? –preguntó Mike, colocándose entre ellos y el coche.

–Sí, me está molestando.

–No la estoy molestando. Soy su padre. Quítese de en medio –dijo Tug, intentando sortear el obstáculo que Mike representaba. Pero él volvió a bloquearlo y la ira creció en el rostro de Tug.

–¿Quieres irte con él, Sherry? –preguntó Mike.

–No, quiero que me deje en paz –contestó Sherry, incapaz de soltarse.

–Soy tu padre. Y tú te vas a venir conmigo a casa.

–Ni hablar –se negó Sherry.

–Señor, va usted a tener que dejarla marchar –dijo Mike con calma, aunque la furia le corría por las venas. Un pequeño corrillo de gente se estaba formando en torno a ellos, a una cierta distancia, cauto pero curioso. Mike no sabía aún de parte de quién se pondrían los presentes–. Su hija es mayor de edad –prosiguió en voz alta– y puede tomar sus propias decisiones. No puede usted llevársela por la fuerza.

–Métase en sus propios asuntos –bramó Tug mientras hacía una maniobra sorpresa para llegar hasta el coche que desequilibró a Sherry.

Mike la recogió al vuelo antes de que cayera de cara contra la acera, pero Tug aún la agarraba del brazo y se resistía a soltarla. Durante unos instantes pareció que iban a romperla por la mitad.

–¿Sabe usted quién soy? –gritó Tug Nyland en mitad del forcejeo como si pertenecer a la clase alta de Palm Beach le diera algún derecho extra. Mike se abstuvo de contarle su secreto, de decirle que, probablemente, ambos disfrutaban de fortunas semejantes–. Podría devolverlo al tugurio donde nació con una simple llamada de teléfono.

–No creo que pueda permitirse ese lujo cuando, obviamente, está saltándose la ley. Esto es un secuestro. Suéltela –dijo mirándolo a los ojos–. Ya.

Nyland obedeció la orden y la soltó, como si estuviera hipnotizado. Cuando se rehizo, Sherry ya estaba a salvo entre los brazos de Mike.

–Será mejor que se vaya –dijo Mike–. Váyase a casa.

–No sin mi hija.

–No pienso irme contigo, Tug.

–Márchese –insistió Mike. La obstinación de ese hombre estaba empezando a molestarlo.

Nyland lanzó una maldición.

–Esto no es el final, Sherry –advirtió–. Vas a casarte con Greeley.

–No, no va a hacerlo –atajó Mike, anticipándose a Sherry.

–¿Y a usted qué le importa con quién se case?

Mike tenía una explicación preparada para esa pregunta. Pensaba hablar del siglo XXI y de los derechos de los hombres y las mujeres. Pensaba decirle que Sherry trabajaba para él y que podía pedir una orden de alejamiento. Pero no fue eso lo que sucedió.

–Me importa porque ella ya está casada conmigo –dijo.

El espectacular silencio que siguió a sus palabras los inundó a los tres por igual. Mike sacudió la cabeza, tratando de recobrarse. ¿Qué había dicho? O más importante aún, ¿por qué diablos lo había dicho? ¿En qué momento, exactamente, había perdido la cabeza?

Al menos, fue el primero en recobrarse y recibió el entusiasta aplauso de la multitud que se había congregado alrededor de ellos, muchos de ellos procedentes del club. Tomó a Sherry en brazos, puesto que ella no parecía capaz de caminar sola, y se dio la vuelta, dejando a Tug Nyland farfullando de rabia. Vio a Bruno entre la multitud y supo que no ya podría evitar que el cotilleo se extendiera entre sus empleados. Pensó que entrar al club con una mujer en brazos de la que acababa de decir que era su esposa podía no resultar la mejor de las ideas y atajó por una callejuela en dirección al coche. Escapar sería lo mejor.

–¿Mike? –dijo Sherry cuando llegaron a la esquina de la callejuela–. Puedes soltarme. Ya puedo tenerme en pie.

Él la miró a los ojos, se encogió de hombros y

la soltó. Pero cuando ella se tambaleó, él volvió a tomarla en brazos.

–¿Mike? –lo llamó Sherry de nuevo, pasándole los brazos por detrás del cuello–. No estamos casados.

–Lo sé.

–¿Por qué le dijiste eso a Tug?

–No tengo ni la menor idea.

Llegaron al coche e intentó que ella se mantuviera en pie. Esta vez parecía menos conmocionada y pudo mantener el equilibrio hasta que él abrió la puerta y la ayudó a entrar. Luego, se puso al volante.

–¿Y ahora qué vamos a hacer? –preguntó ella.

–Me imagino que no tendremos más remedio que casarnos –dijo él, arrancando el coche y tratando de serenarse.

–¿Por qué? Tú no deseas casarte conmigo.

Él suspiró. No estaba preparado para mantener una conversación seria en esos momentos. Su mente seguía colapsada.

–¿Mike?

Él hizo un esfuerzo para responder.

–No quiero quedar como un mentiroso. Si nos casamos, tú te libras de ese indeseable y yo sigo siendo un hombre honesto.

–¿Solo por eso? –preguntó ella, insatisfecha.

–Por eso y porque tu padre me ha puesto furioso. No me ha gustado nada ver cómo plantaba posesivamente sus manazas sobre ti. Tenías razón. No parará hasta que no consiga lo que quiere, o hasta que se convenza de que sus planes son imposibles de realizar.

–Quizá no sea necesario hacerlo. Creo que basta con que se lo hayas dicho –propuso Sherry con una timidez y un nerviosismo inusuales en ella.

–¿Y te crees que no va a consultar los registros? –dijo, sabiendo que si ella deseaba echarse atrás, él no la iba a presionar. Al fin y al cabo, el plan era de ella.

Ella se mordisqueó la uña de un dedo durante un instante.

–Por supuesto, lo comprobará todo. Se imaginará que ha podido ser una mentira. No le costará ningún trabajo, puesto que él miente constantemente.

–Entonces le ofreceremos una verdad. No me supone ningún problema.

–¿Estás seguro? –dijo Sherry mirándolo con tal intensidad con sus ojos de color azul porcelana que él tuvo que apartar la vista.

Mike no podía convertir el asunto en algo personal. Ella necesitaba llevar su apellido y sentirse segura, nada más. Podía sentir lástima por ella y desear protegerla, pero no iba a permitir que aflorara ningún otro sentimiento. Ni posesión, ni pasión, ni ternura. Las cosas ya eran lo suficientemente complicadas como para empeorarlas aún más, porque sabía que podía llegar a apreciarla mucho.

–Quiero aclarar las cosas entre nosotros –dijo él a la defensiva–. Esto es una simple cuestión de rutina. Nos casamos hasta que tú puedas marcharte, hasta que puedas hacerte cargo de tu dinero. ¿Está claro? Y, después, adiós.

–Está claro.

–Nada de besos, nada de sexo, nada de corretear por ahí en camisón. No quiero complicar las cosas. De hecho, sería mejor que te quedaras donde estás, en casa de mi madre.

–De acuerdo.

Él le lanzó una mirada de sospecha. Ella se estaba mostrando demasiado complaciente, lo cual no formaba parte de su carácter. Aunque, a decir verdad, no tenía de qué quejarse. Había conseguido lo que se había propuesto. Además, nunca había llegado a decir que quisiera hacer el amor con él, simplemente que lo permitiría si era necesario.

Y él reconoció que lo deseaba con toda su alma. Pero no podía permitírselo porque sería terrible tener que volver a quedarse solo cuando la aventura hubiera terminado. Y terminaría, de eso estaba seguro. En el mismo momento en que ella se hiciera cargo de la herencia de su madre. La vida le había enseñado que el dinero era siempre lo más importante.

–¿Cuándo? –preguntó Sherry.

–En cuanto consiga arreglar los papeles –dijo Mike mientras aparcaba delante del edificio de apartamentos.

A la mañana siguiente, cerca de las doce, Sherry se apeó del coche de Mike delante de los juzgados de Palm Beach. Él se había puesto en contacto la noche anterior con un juez que era cliente habitual del club, y este no había tenido ningún inconveniente en arreglar el asunto rápidamente.

–¡Sherry! –gritó Juliana al ver a su hermana, lanzándose entre sus brazos–. No podía creer que fueras a hacerlo de verdad cuando me lo contaste por teléfono.

–Ni siquiera yo me lo creo del todo –dijo Sherry, dejándose acompañar por su hermana hasta la puerta de los juzgados mientras Mike ayudaba a su madre a salir del asiento trasero del coche.

–¡Vas a casarte! –exclamó Juliana–. Es tan, tan...

–¿Impulsivo? –repuso su hermana.

–Sí, y espontáneo. Propio de un espíritu libre, siempre quisimos disfrutar de la libertad, ¿recuerdas, Sherry? Pero dime, ¿quién es él? ¿Cómo lo conociste? ¿Cuándo tomasteis la decisión?

–Ayer por la noche –contestó Sherry con tono irreal. La noche anterior, cuando Mike y ella habían discutido sobre los preparativos, Sherry había insistido en que Juliana fuera una de las testigos, y Mike había accedido siempre que su futura cuñada no dudara que se trataba de una boda auténtica, para no arriesgarse con Tug. Sin embargo, a Clara le habían contado la verdad–. Nos conocimos en La Jolie, el club donde trabaja.

–¿Es camarero? –preguntó Juliana, asombrada.

–Hace un poco de todo. Es el gerente. Ven a conocerlo.

Juliana sonrió y se dejó llevar.

–Oh, Dios mío, es uno de los hombres más

apuestos que he visto en toda mi vida –comentó en voz baja al acercarse a ellos.

Sherry se limitó a sonreír, recordando él único beso que habían compartido, que la había hecho estremecerse de arriba abajo, como si se hubiera tratado de un terremoto. Desde aquel momento, cada toque, cada mirada y, sobre todo, el paseo que había dado en sus brazos la noche anterior, no habían conseguido sino avivar la sensación de excitación que le producía ese hombre. Estaba algo sorprendida de las urgentes reacciones instintivas de su cuerpo, que se cuidaba de ocultar.

No era una mujer virgen. Había crecido en Palm Beach, una ciudad en la que se podría decir que el sexo casi constituía una actividad extraescolar obligatoria. Se había iniciado tarde para la época, a los quince años, junto a la piscina de su novio, mientras sus padres pasaban el fin de semana fuera. Ella esperaba que el sexo los hubiera unido más, pero no había sido así. Sabía que él lo había disfrutado, pero no podía decir lo mismo de sí misma.

Después había tenido otros novios, chicos que habían parecido interesantes en principio, pero que habían acabado aburriéndola mortalmente. Y con ninguno de ellos había fantaseado libidinosamente tanto como con el hombre con el que iba a casarse al cabo de unos minutos.

Obviamente, aquel único beso no había tenido el mismo efecto sobre Mike, ya que había declinado la oportunidad de compartir la cama una vez casados, aunque ella se había mostrado disponible.

Se hicieron las presentaciones de rigor rápidamente y Sherry recibió una sonrisa de Mike que le produjo un ligero temblor de piernas. Después entraron al juzgado en procesión, con Clara en cabeza, junto a sus dos hijas, mientras Mike entraba detrás, solo, acarreando el aparato del oxígeno. Lo seguían Sherry y Juliana.

Un chaval llegó corriendo, con una ramo de flores para la novia, que era la sorpresa que había preparado Clara en el poco tiempo de que había dispuesto. Sherry se mostró encantada, y aunque Mike estuvo a punto de quejarse, se abstuvo al recordar que si querían que la boda fuera creíble delante de Juliana, las flores darían mayor solemnidad al improvisado enlace.

La boda se celebró en una pequeña sala de los juzgados, precedida de un divorcio y seguida de otro. Sherry pensó que las bodas y los consiguientes divorcios eran el entretenimiento favorito de los habitantes del Palm Beach. Se entristeció al pensar que su caso se sumaría a las ya abultadas estadísticas, pero se consoló pensando que aún tenía toda la vida por delante para encontrar al auténtico amor de su vida.

Capítulo Seis

Después de la breve ceremonia, Juliana insistió en llevarlos a todos a almorzar a un restaurante de moda, pero Mike ya tenía escogido un lugar agradable y tranquilo en las afueras de Palm Beach.

Después del almuerzo, Juliana le entregó a Sherry una maleta que había preparado con sus cosas y regresó a casa. Clara anunció que estaba lista para recoger su equipaje de casa de su hija y volver a su propio apartamento.

–Todavía no –dijo Mike, ayudándola a acomodarse en el coche.

–¿Por qué no? –preguntó Clara–. Estáis casados. El padre de Sherry ya no puede volver a molestarla.

–Todavía puede ponerse muy pesado. Tú te pones pesada con Nina, ¿no? Y lleva un montón de años casada.

–Ya, pero no puede obligarla a casarse con otro.

–Pero aún no está seguro de la verdad.

–Bueno, tú se lo dejaste bien claro –intervino Sherry, sin saber muy bien si tenía derecho a intervenir en esa discusión familiar. Técnicamente, estaba casada con Mike, pero…

–¿Lo ves? –dijo Clara–. Él ya lo sabe. Puedo volver a casa y eso es lo que voy a hacer.

–¿De verdad piensas que se creyó lo que le dije? –le preguntó Mike a Sherry con un deje de frialdad–. ¿Crees que abandonará? Tú lo conoces mejor que yo –añadió acercándose un poco.

Sherry fue incapaz de contestar, inundada por el aroma a jabón y loción para después del afeitado de ese hombre.

–¿De verdad crees que mi madre estará a salvo? –insistió Mike–. En serio.

–No –contestó Sherry con un escalofrío.

–Pues explícaselo a ella. Necesita saberlo.

–Creo que habría que esperar un poco más –le dijo Sherry a Clara–. Tug es muy cabezota. No cederá en su empeño hasta que no esté convencido al cien por cien.

Y no tiene por qué preocuparse de sus cosas. Yo me voy a quedar en su casa y ...

–Ni hablar, de eso nada –la interrumpió Clara–. Te has casado con mi hijo y debes vivir en su casa.

–Madre, ya te hemos explicado que...

–No me importa lo que hayáis pensado. El matrimonio es el matrimonio. Además, ¿cómo ibais a convencer a ese Tug de que el matrimonio es real si vivís separados? ¿Os pensáis que es tonto o qué?

Sherry se encontró con la mirada de Mike, de expresión resignada.

–Tiene razón –dijo ella.

–Lo sé –repuso Mike, respirando hondo–. De acuerdo, tú y vienes a mi casa y tú, madre, te vuelves a casa de Nina, sin discusiones, por favor.

–De acuerdo –aceptó Clara con tono agrio–. No pienso discutir, pero sí quejarme.

–Si alguna vez dejaras de quejarte, te llevaría corriendo al hospital para que te comprobaran las constantes vitales –bromeó Mike.

–No pienso quedarme aquí para siempre –dijo Clara con determinación al llegar a casa de Nina–. Dos días como máximo.

–Dos semanas –la corrigió Mike, pensando que el plazo sería suficiente para que Tug se diera por vencido.

–Una.

–Dos –Mike tenía que mantenerse firme.

–Lo pensaré. Adoro a mis nietos, pero para ser sincera, los adolescentes son un poco inaguantables.

Sherry ayudó a Clara a salir del coche y esta la miró con ternura.

–Mike puede acompañarme hasta la puerta, cariño. Necesito hablar a solas con él unos minutos.

–Ya sé todo lo que necesito saber sobre el sexo, madre –dijo Mike poniendo los ojos en blanco.

–Puede que lo sepas todo sobre el sexo, Mike, pero no lo sabes todo sobre la vida –dijo ella, agarrándose a su brazo.

Una vez se hubieron alejado un poco, Clara empezó a hablar.

–Mike, quiero que hagas todo lo posible para que este matrimonio salga adelante.

–Madre, ya sabes que…

–No me interrumpas. Te has casado con esa chica. Y estoy segura de que no lo hubieras hecho si ella no te gustara, lo necesitara o no.

Mike meneó la cabeza. ¿Por qué era su madre tan cabezota?

–De acuerdo, es posible que me guste un poco, pero no es suficiente. Yo quiero amar y ser amado como mi padre y tú os amabais, no quiero aspirar a menos.

–¿Piensas que quiero que te conformes con menos?

–Sí.

Ella gruñó con desesperación.

–No te pido que le jures amor eterno el primer día. Solo te pido que le des una oportunidad. Nunca sabrás lo que puedes perder si no asumes un cierto riesgo. Dale una oportunidad a Sherry, creo que se la merece.

–Es una muchacha de Palm Beach, una más. Dentro de unos meses podrá disfrutar de una herencia de veinte millones de dólares y yo quedaré en el olvido. Ya sabes cómo son esas mujeres que han nacido ricas, egoístas hasta la médula.

–Sé cómo era Babs, o Bitsy o Buffy o como se llamara. Pero ella no tiene por qué ser el arquetipo de todas las demás. No pueden ser todas iguales.

–Yo conozco mejor que tú a esa gente, madre. Y te puedo mencionar ahora mismo una docena de nombres de mujeres similares a Blair sin esforzarme demasiado.

–De acuerdo, hay docenas de ellas, pero… ¿cuánta gente vive en Palm Beach? Puede que haya diez mil mujeres jóvenes. ¿Y qué me dices de la hermana de Sherry? Parecía encantadora.

–Parecía, tú lo has dicho. En realidad, no sabes nada sobre ella.

–Ni tú tampoco.

Clara se detuvo delante de los escalones de la entrada de Nina.

–Mike Thomas Scott –dijo–, te juro que si no dejas de sentir compasión de ti mismo y de hacerte el duro… te juro que si no haces un esfuerzo para que ese matrimonio funcione, no solo voy a hacer todo lo posible por amargarte el resto de la vida, sino que conseguiré traer a tu padre del otro mundo para que me ayude.

Mike rio, lo cual fue un error porque su madre aprovechó el momento para clavarle el dedo índice en el estómago, haciéndole un daño de mil demonios.

–Y convenceré a Noble para que me lleve de vuelta a casa esta misma tarde –dijo sentenciosamente, sabiendo que su nieto mayor sentía debilidad por ella.

–De acuerdo, de acuerdo –se resignó Mike–. Lo intentaré. Pero no me eches la culpa cuando Sherry desaparezca de nuestras vidas en cuanto atrape el dinero.

–Te echaré la culpa si abrigo la menor sospecha de que tú la has empujado a ello. Entiendo que quieras guardar el secreto sobre el estado de tus finanzas, que no quieras que ninguna mujer sepa que posees más de treinta millones y que sigues ganando dinero a manos llenas, pero debes dejar de sentir lástima de ti mismo.

¿A qué se refería su madre? Ser precavido no significaba que se autocompadeciera.

–Ya te he dicho que lo intentaría, madre, ¿de acuerdo? ¿Quieres algo más de mí?

–Quiero que lo hagas, no solo que digas que lo vas a hacer. Te conozco, Mike. Te has pasado la vida prometiendo que harías esto o aquello para terminar haciendo lo que más te apetecía. Pero ahora, quiero que me prometas que vas a intentarlo.

–Lo prometo.

Ella lo miró de forma dura e incrédula.

–Lo prometo –repitió él–. De veras.

La mirada de ella se dulcificó.

–Eres un buen chico, Mike.

Mike abrió la puerta de la casa de Nina y metió la bombona del oxígeno con ruedas, dejándola a cargo de su sobrino mayor.

–No te olvides de lo que me has prometido –grito Clara a modo de despedida antes de cerrar la puerta.

Él volvió al coche, donde lo esperaba su reciente esposa. ¡Su esposa! Siempre había deseado poder pronunciar esas palabras con aplomo. Era cierto que llevaba años sin intentar ligar con ninguna mujer, pero no era porque sintiera lástima de sí mismo, sino porque quería estar seguro de que la mujer de su vida iba a estar enamorada de él y no de su cuenta bancaria. Tampoco el hecho de que Sherry se hubiera convertido en su esposa significaba que fuera la mujer adecuada para él, por mucho empeño que pusiera su madre en ello. En realidad, estaba seguro al noventa y nueve por ciento de que no lo era.

Le había prometido a su madre que iba a intentar que ese matrimonio funcionara. Para no quedar como mentiroso, intentaría que Sherry encajara en su estilo de vida, que no se correspondía exactamente con el de una persona acostumbrada a vivir de las rentas. Él la sometería a un proceso de inmersión y ella saldría huyendo, incluso antes de cobrar su herencia.

Sherry Nyland, transitoriamente Sherry Scott, jamás se adaptaría a su mundo, al igual que él nunca podría adaptarse al suyo. Pero para cumplir su promesa, tendría que ponerla a prueba y dejar constancia de su reacción adversa para disponer de argumentos frente a su madre.

El sol brillaba y calentaba casi tanto como en verano cuando llegaron al edificio de apartamentos. Sherry descartó de su mente la idea de «hogar», aunque la tentación era fuerte. Esa no era su casa ni nunca lo sería. El absoluto silencio que había reinado en su viaje de vuelta desde la casa de Nina lo había dejado bien claro. Además, ella prefería esa ausencia total de compromiso.

Salió del coche sin esperar a que Mike le abriera la puerta. Cruzó el vestíbulo y espero a que llegara el ascensor. ¿Qué estaría Mike pensando de todo eso?

Cuando se bajaron en el piso octavo, dos niñas con bañadores de color fluorescente estaban en el rellano, esperando.

–¡Vamos, mami! –gritó una de ellas–. ¡El ascensor ya está aquí!

–¡Ya vamos, ya vamos, ten un poco de paciencia!

Unos segundos más tarde, dos mujeres en bañador y pareo aparecieron desde el fondo del pasillo. La más joven era evidentemente la madre de la niña más rubia, a juzgar por su rostro.

–Hola, Michael –dijo la otra madre, mirándolo de arriba abajo.

Sherry sintió un alivio inmenso al constatar que la mujer no conocía a Mike lo suficiente como para saber su verdadero nombre. Pero sufrió al darse cuenta de que había sentido celos por la familiaridad con que lo había tratado.

–Tienes una pinta estupenda –prosiguió la mujer–. ¿De dónde vienes tan trajeado?

–Me he casado esta mañana –contestó él.

Las dos mujeres y la niña rubia se lo quedaron mirando con estupor. La otra niña parecía confusa. Mike pasó un brazo cariñoso alrededor de la cintura de Sherry, atrayéndola hacia sí. Ella pensó que no debería disfrutar tanto del contacto físico con ese hombre.

–Donna, Lanita, Katie y... –prosiguió Mike.

–Tracy.

–Tracy. Este es mi esposa Sherry. Sherry, estas son nuestras vecinas. Donna vive en el 806 y Lanita y Katie en el 808.

Sherry les dedicó una sonrisa, pero no tuvo tiempo para más, puesto que Mike la levantó en brazos y la llevó hasta su puerta.

–Nos vemos –se despidió, cerrando la puerta tras ellos.

Al momento, su sonrisa desapareció. La depositó en el suelo del salón y se fue hacia la cocina sin mediar palabra.

Sherry tardó unos instantes en recuperar el aliento, aturdida por la sensación de que aún podía sentir de sus brazos en torno a ella.

–¿Por qué has hecho eso? –pregunto ella, dirigiéndose a la cocina.

–No podemos convencer a tu padre si no convencemos a los vecinos, ¿no? ¿Quieres una cerveza?

–No gracias –repuso ella, pensando que se estaba portando como un consumado actor de teatro.

Lo miró tragarse la cerveza mientras se planteaba que la relación entre ellos durante los próximos meses no iba a resultar fácil, especialmente desde que Clara los había convencido para que ocuparan el mismo apartamento.

–¿Estás segura de que no tienes sed? –insistió él.

–Beberé un poco de agua con hielo, gracias.

Sherry sacó un vaso del armario mientras Mike iba en busca de hielo al congelador. Ella bebió, disfrutando del torrente líquido y frío que se deslizaba por su garganta, feliz de poder concentrarse en los placeres más sencillos de la vida, en vez de atormentarse con la masculina presencia de ese hombre.

–Será mejor que vaya a por mi maleta –dijo, una vez acabó de beber.

–No –repuso Mike.

–¿No? ¿Por qué no?

–Porque no.

–¿Significa eso que vas a ir tú a por ella?

–No.

Sherry se irritó. ¿Qué había sido del hombre amable que siempre procuraba complacerla? ¿Sucedía lo mismo en todos los matrimonios? ¿Después de la boda el hombre encantador se convertía en un tirano?

–¿Por qué no? Quiero cambiarme de ropa.

–Lo siento, pero nadie va a bajar al aparcamiento hasta que transcurra una hora, o dos –dijo Mike terminándose la cerveza y arrojando la lata al contenedor de basura.

–¿Por qué? –preguntó Sherry, asombrada.

–Porque Donna y Lanita están ahí afuera con las niñas. Hay que pasar por la piscina para llegar al aparcamiento. Y nosotros estamos recién casados, ¿recuerdas? Tampoco creo que debieras ir al apartamento de mi madre de momento. Las vecinas pueden subir en cualquier momento y descubrirte.

–Entiendo. Acabamos de casarnos y debemos aparentar una pasión incontrolable, al menos durante un par de horas –dijo Sherry, sonrojándose y sintiéndose ligeramente estúpida por no haber caído en la cuenta desde el primer momento. Deseó no haber visto jamás a Mike semidesnudo, chorreando, recién salido de una ducha interrumpida. La imaginación no la dejaba en paz desde entonces. Deseaba tocarlo y abandonarse a las sensaciones de su cuerpo.

–Voy a cambiarme de ropa –dijo Mike, señalando el incómodo traje–. Tengo calor. Puede que encuentre unos pantalones cortos para ti, y una camiseta, si quieres.

–Me encantaría, gracias –dijo Sherry, llevándose el vaso de agua fría al salón–. ¿Qué se supone que vamos a hacer durante las próximas dos horas? –preguntó en voz alta. ¿Vegetar?

Mike no se dignó a responder y ella se dedicó a estudiar las estanterías del salón, llenas de libros, cintas de vídeo y discos. Pasó un dedo por las cintas de vídeo, fijándose en los títulos. Había películas de acción y alguna comedia romántica.

Mike regresó descalzo y vestido con una camiseta sin mangas y un pantalón corto y le tiró un par de prendas.

–Haz lo que quieras –dijo–. Yo también pienso hacer lo que me apetezca.

Ella recogió del sofá las prendas de vestir. En efecto, había una camiseta enorme y un pantalón corto. Sherry cerró los ojos y él ya no estaba cuando volvió a abrirlos, por lo que suspiró con alivio. Se dirigió al dormitorio de invitados para cambiarse. Por suerte, el pantalón corto tenía una cinta que podía atarse, y la camiseta le quedaba casi como si fuera un vestido, así que se la anudó a la cintura.

Mike se preparó para ponerse a hacer abdominales con los pies sujetos a una barra. Cuando acabó con la serie diaria, empezó a levantar pesas. Necesita agotarse físicamente para poder olvidar a la mujer con la que acababa de casarse. La escuchó encender el aire acondicionado del salón, poner la televisión y cambiar varias veces de canal. Al cabo de unos minutos, la vio asomarse al dormitorio, espléndida, con la camiseta anudada a la cintura. Sus pechos destacaban claramente, sin sostén que los retuviera, dejándolo sin aliento.

Mike siguió levantando pesas como si tal cosa, pero pensó que debía detenerse y pedirle que se marchara. Se sentía intimidado por su mirada juguetona. ¿Deseaba esa mujer tener una aventura fugaz con él? ¿Cambiaría de opinión si conociera el estado de su cuenta bancaria?

–¿Te gusta lo que ves? –preguntó soltando las pesas por fin.

–Sí. Pero supongo que eso no te sorprende. Debes de ser consciente de que tienes un cuerpo imponente.

Él se permitió una sonrisa amarga. Sabía que ni su cuerpo ni su dinero eran despreciables. Lo que las mujeres siempre ponían en cuestión era su clase.

–No te gusta morderte la lengua, ¿verdad, Sherry?

–He abandonado la hipocresía. No lleva a ninguna parte.

Mike agarró un par de pesas y las insertó en la barra, con la intención de hacer una serie más difícil y a la espera de que ella se aburriera y se marchara. Pero ella no lo hizo.

–¿Quieres algo? –preguntó finalmente.

–¿Crees que el matrimonio va a complicar nuestras relaciones laborales?

–No hay ninguna ley que prohiba las relaciones entre empleados. Además, no creo que nadie se atreva a decirnos nada.

Ella se adentró en la habitación.

–¿Estás seguro? ¿Qué va a decir el propietario?

–Sí, estoy seguro. Al propietario no le importará lo más mínimo –mintió.

–¿Cómo puedes estar tan seguro?

–Lo sé, ¿de acuerdo? Relájate, ¿vale? Además, no creo que sea asunto tuyo.

Mike se concentró en los ejercicios, pero ella siguió allí.

–Claro que no es asunto mío –dijo Sherry, despechada–. Al fin y al cabo, no soy nada más que tu esposa.

Mike se enfureció. Soltó las pesas y se encaró con ella.

–Solo sobre el papel. ¿Lo entiendes? Es posible que las rosas fueran reales y que los anillos hayan pertenecido a mis padres, pero esto es un matrimonio de pacotilla y tú eres una esposa de pacotilla.

Mike se dio cuenta de que había sido demasiado dura con ella, casi insultante. Acababa de menospreciar a una mujer estupenda, con la piel dorada, los labios rosados y una lengua suave que se deslizaba de una comisura a otra entonando el silencioso canto de las sirenas.

Capítulo Siete

Mike la estaba besando antes incluso de darse cuenta de que había soltado las pesas, su lengua en sana respuesta a la llamada de la de Sherry. El sabor de ella era dulce y el tacto frío, por el agua helada que acababa de beber, aunque se templó rápidamente al contacto con la ardiente pasión de él. Las manos de ella le rodearon el cuello mientras él la atraía hacia sí por la cintura, doblando ligeramente las rodillas hasta que su pubis encajó en el hueco que se abría entre sus potentes muslos y en el que su miembro viril crecía, cada vez más turgente. Ella gimió ante la intimidad del contacto, pero Mike recuperó el sentido de la realidad y se separó de ella, dejándose caer en un sillón con el pulso acelerado.

–¿Y eso, qué ha sido? –preguntó ella alterada–. ¿Un beso de pacotilla?

Mike deseó enterrar el rostro entre las manos, pero se limitó a llevarse una a la boca, en un desesperado intento por recuperar la compostura.

–Porque he de decirte, cariño –prosiguió Sherry–, que a mí no me lo ha parecido. Tampoco creo que encaje con el propósito de «nada de besos y nada de sexo». Así que, si quieres atenerte a tus propias condiciones, vas a tener que portarte mucho mejor de ahora en adelante –añadió, dando unos pasos hacia atrás hasta que alcanzó la puerta para girarse y desaparecer.

Mike salió detrás de ella, sin saber qué decir. Sherry tenía razón.

–Escucha –dijo, una vez en la cocina, donde ella estaba rellenando el vaso de agua–. El sexo no es un juego para gente aburrida. Debe ser algo más que un simple ejercicio físico. Algo más que implique emocionalmente a las dos personas.

–Entonces, ¿por qué me besaste?

–No tengo ni la menor idea –contestó Mike, mesándose los cabellos con frustración–. Creo que perdí el juicio.

–¿Hasta qué punto?

–¿Hasta qué punto qué? –preguntó él, confuso.

–¿Hasta que punto debe el sexo significar algo más?

–¿Qué quieres decir?

–¿Te parece suficiente con que las dos personas se gusten o crees que deben estar enamoradas hasta el tuétano? Es obvio que el matrimonio no te parece bastante. Entonces, ¿qué es lo que hace falta?

–Y eso… ¿qué importa? No va a suceder.

–De acuerdo, lo acepto. Pero aún siento curiosidad, aunque solo sea una hipótesis. ¿Qué crees que es necesario para que dos personas puedan hacer el amor? ¿Estar enamoradas?

–No es fácil contestar a esa pregunta.

–¿Por qué no? Tú eres el que decide las reglas del juego. Yo me limito a informarme.

–De acuerdo. Estar enamoradas.

–Entonces, cuando solo existe una simple atracción, no hay lugar para el sexo, ¿cierto?

–Exacto.

–¿Y qué pasa cuando dos personas se gustan mucho pero aún no saben si están del todo enamoradas? ¿No te parece que hacer el amor puede ayudar a dilucidar el problema?

–Sí, claro. ¿Por qué no?

–Pero ¿qué pasaría si descubrieran que solo había sido un rapto pasional momentáneo?

–Sherry, por favor, olvídalo –dijo Mike, seguro de que si ella no se detenía, acabarían haciendo el amor en la cocina.

–Deduzco –prosiguió Sherry, siguiéndolo hasta el salón– que tu comportamiento de hace unos minutos significa que te gusto algo, ¿no?

Mike se puso a buscar una película de vídeo. Algo intrascendente y en absoluto romántico.

–No me disgustas.

–Pero no te gusto lo suficiente como para hacer el amor.

–Sherry –dijo Mike levantando una mano–. Basta.

–De acuerdo. No creas que has herido mis sentimientos. Estoy acostumbrada a no gustar a la gente. Babe me odia.

–¿Quién es Babe?

–Mi madrastra, ¿recuerdas? Cree que soy más guapa que Juliana, lo cual no es cierto, simplemente somos diferentes. Pero Babe está convencida y me odia.

–Yo no te odio –dijo Mike, optando por buscar un canal deportivo en la televisión.

–Pero tampoco te gusto mucho.

–¿Terminarás de una santa vez? –preguntó él poniendo los ojos en blanco–. Me gustas mucho.

–Pero no lo suficiente para hacer el amor conmigo.

Si Mike decidiera estrangularla, podría alegar defensa propia por tortura psicológica.

–El problema no está en que tú me gustes a mí, sino en que yo te guste a ti. ¿Queda claro?

–Tu me gustas. Mucho.

–Hoy.

–También me gustarás mañana.

Él no quería seguir hablando, pero tampoco podía contenerse.

–¿Y después qué? ¿Qué pasará cuando recibas tu herencia? Te marcharás tan deprisa que no te dará tiempo ni a decirme adiós.

Ella se mantuvo en silencio durante unos minutos.

–Eso no lo sabes –dijo al fin con tono compungido.

–Sí lo sé.

–¿Cómo? ¿Cómo puedes saber lo que yo...?

–Has nacido en Palm Beach, muñeca. Tienes clase y yo no.

–Yo no soy ella, Mike –dijo Sherry suavemente.

–¿Ella? ¿Quién?

–Quienquiera que fuera el que te hizo desconfiar de las mujeres. Esa que jugó con tus sentimientos y luego te dejó abandonado. Esa mujer de Palm Beach que te tiene resentido.

–No te engañes, muñeca. Tú eres exactamente igual que ella –dijo él, contento de haber encontrado un partido de béisbol en la televisión.

Pero en cierta forma, sabía que mentía. Sherry no se parecía en nada a Blair. Era diferente. Se había negado a casarte con el desagradable millonario que su padre le había buscado. Muchas otras mujeres se habrían negado a aceptar el trabajo de camarera que él le había ofrecido, pero Sherry estaba cumpliendo con sus obligaciones laborales estupendamente. Aunque, en realidad, nada de todo eso importaba demasiado ya que, en cuanto recibiera su herencia, sus problemas se evaporarían y ella con ellos.

–Tráeme una cerveza, ¿quieres? –dijo, repantingado en el sofá, con el tono más machista del que fue capaz.

Al cabo de unos instantes, la fría lata de cerveza aterrizó sobre su cabeza.

Durante los siguientes días convivieron, evitándose. Mike se preocupaba de guardar las apariencias para engañar a Tug, pero eso no mejoró sus relaciones.

Sherry se sentía culpable cada vez que veía el chichón amoratado en la frente de Mike. Era cierto que se había propuesto atizarle de lleno con la lata de cerveza, pero no en la cabeza. Podría haberlo matado. Aunque la verdad era que debía tener la testa muy dura, porque jamás había conocido a una persona tan cabezota, ni siquiera a su padre.

El lunes, Mike tuvo que ausentarse de Palm Beach por cuestiones de negocios y Sherry lo convenció para que la dejara sola. No quería seguirlo como una idiota, sabiendo que él la menospreciaba. Así pues, se quedó en el apartamento, aburriéndose. Después de pasar varias horas viendo la televisión, limpiando la nevera, mordiéndose las uñas y comiéndose una lata de aceitunas, decidió tomar una toalla y dirigirse a la playa.

Sherry no se atrevió a nadar sola y se limitó a mojarse y retozar un poco con las olas. Luego, se sentó debajo de una palmera y se puso a observar a las gaviotas. El sol y la brisa marina tuvieron un efecto terapéutico sobre ella y, cuando se sintió más animada, regresó al apartamento. Se encontró a Clara esperándola.

Cuando Mike llegó, una hora más tarde, Sherry se estaba vistiendo para irse a trabajar. Él estaba estupendo, con un traje negro y una corbata plateada que hacía juego con el color de sus ojos.

–¿Qué tal te ha ido? –preguntó ella, localizando las sandalias debajo del sofá.

Mike se mantuvo en silencio mientras se dirigía a la nevera para tomar una bebida fresca.

–¿Ni siquiera podemos hablar? –insistió Sherry, irritada.

–Podemos hablar, pero nada de embarcarnos en esas conversaciones domésticas del tipo: «¿Qué tal has pasado el día, cariño?».

–De acuerdo –aceptó ella, fastidiada, pensando en arrojarle otra lata de cerveza a la cabeza–. Hablemos de otra cosa. Tu madre ha vuelto a casa. Quiere saber por qué no nos estamos acostando juntos.

Mike se quedó helado, se atragantó y empezó a toser.

–¿Se lo has dicho tú?

–No, no fue necesario. Lo sabía.

–¿Qué dijo exactamente?

–¿Por qué no estáis Mike y tú durmiendo juntos?

–¿Y qué le contestaste?

–No sabía qué decir y al final le aseguré que sí nos estábamos acostando juntos. Y ella me llamó mentirosa. Y yo le contesté que…

–¡Le confesaste la verdad! –adivinó Mike.

–¡Me obligó a contársela!

–Típico de ella.

–Y de ti. Y ahora, ¿qué hacemos?

–Nada.

–Me refiero a tu madre.

–Me hará sufrir, pero no le haré caso. Las cosas seguirán como están.

–Me pidió que te sedujera.

–¿Y piensas hacerlo?

–¿Quieres que lo haga?

–¿Quieres hacerlo?

–¿No puedes dejar de contestar a una pregunta con otra?

–No lo sé. ¿Tu crees que podría? –preguntó él con una sonrisa maliciosa.

Sherry rio y le lanzó un cojín que él recogió al vuelo.

–¿Sabes? Creo que me he buscado una esposa un poco violenta –comentó él con una sonrisa–. Al pasar por el club le he tenido que explicar a todo el mundo que he sido víctima de un accidente doméstico.

–¿Se lo has contado todo?

–Les dije la verdad, sin echarte toda la culpa, como si hubiera sido un simple error de puntería. No te preocupes.

–No, me refiero a que si les has contado que nos hemos casado.

–Ya lo sabían. Bruno me oyó decírselo a tu padre. Pero de eso se trata, ¿no? De que todo el mundo esté convencido de que estamos casados para que tu padre deje de molestarte.

–Sí, es cierto, pero... –¿por qué se sentía tan incómoda?

–He tomado precauciones y te he incluido en mi póliza de seguros, por si acaso. Quiero estar seguro de que alguien se ocupará de mi madre si a mí me pasa algo.

¿La había nombrado heredera?, pensó Sherry, tan asombrada que se quedó sin aliento. La cosa había llegado demasiado lejos, no podía permitir que un matrimonio no consumado se convirtiera en un asunto económico. En cuanto dispusiera de su propio dinero, tendría que pedir el divorcio y olvidar a Mike, por duro que fuera. Pero estaba impresionada; cuando un hombre empezaba a tomar en consideración las disposiciones relativas a la muerte de uno de los cónyuges las cosas se ponían serias.

–Voy a recoger la cocina antes de marcharnos a trabajar –dijo Mike, tirando la lata vacía de cerveza a la basura.

Sherry se cruzó con él en mitad del pasillo y le echó los brazos al cuello. Mike le rodeó la cintura.

–¿Qué pasa? –preguntó él, desconcertado.

Ella también lo estaba. No sabía por qué se había lanzado a sus brazos. Se soltó y corrió a encerrarse en su habitación para evitar una conversación que no sabría cómo manejar. Él no debía enterarse de lo mucho que le gustaba como hombre.

Dos días más tarde, Mike estaba en casa de su madre cocinando la cena antes de marcharse a trabajar, cuando oyó cómo el ascensor se detenía en su piso. Se preguntó quién sería. Estaba casi seguro de que no podía tratarse de Sherry porque, aunque esa tarde había salido a hacer algunos recados, ya debería estar de vuelta para ducharse y vestirse para trabajar. No la había acompañado porque ella había insistido en que el peligro ya había desaparecido. Sin embargo, habían estado recibiendo llamadas misteriosas en los últimos días, y Mike sospecha que era el padre de Sherry el que llamaba y colgaba cuando contestaban.

–Sherry ha vuelto –dijo su madre.

–¿Cómo puedes estar tan segura?

–Porque si hubieran sido Donna o Lanita hubieran ido hacia el otro lado del pasillo. Tu apartamento es el único que hay detrás del mío. ¿No vas a ir a saludarla? ¿A decirle que estás aquí conmigo?

–Es una chica lista. Se lo imaginará.

–¿No piensas darle un beso de bienvenida?

–¿Contigo, mi madre, como testigo? –bromeó él–. Por supuesto que no.

–Te arriesgas a que te clave un tenedor en el estómago –amenazó ella blandiendo el utensilio.

–No soy tan idiota.

La puerta de entrada se abrió y se cerró de un portazo. Era Sherry.

–¿A que no sabéis qué?

–¿Qué? –preguntó Clara.

–He estado paseando sola por la ciudad sin guardaespaldas –dijo ella con una amplia sonrisa, dando a Mike un cálido abrazo de bienvenida mientras él mantenía las manos en los bolsillos para no dejarse tentar.

–Felicidades –dijo Clara.

–Gracias –contestó Sherry bailoteando por la sala.

–¿Adónde has ido? –preguntó Mike.

–Ya sabes, de tiendas, al centro comercial.

–¿Qué has comprado?

–Absolutamente nada.

–Tienes un aspecto extraño. ¿Qué pasa?

–¿No te has dado cuenta?

Él la escrutó con detenimiento. La misma sonrisa, el mismo tono de piel, la misma ropa, las mismas piernas, la misma nariz griega, el mismo pelo… El pelo.

–¡Te has cortado el pelo! –exclamó con entusiasmo infantil.

Sherry rio de contento meneando la cabeza y agitando una corta melena que apenas le sobrepasaba las orejas.

Mike admitió que sentía ganas de besarla como a una verdadera esposa. En realidad, deseaba llegar mucho más allá, hasta el final. Pero era imposible. Si obtenía lo que deseaba, todo cambiaría y se aproximaría el desastre.

–¿Alguien tiene hambre? –preguntó él, escurriendo la pasta.

Inmediatamente, Sherry empezó a poner la mesa para la cena.

–Entonces, ¿qué piensas de mi corte de pelo?

–Me gusta –contestó sirviendo la salsa de los raviolis.

–Ni siquiera la has mirado –lo reprendió Clara.

–Eso. Mírame. Quiero una opinión honesta.

Él la miró. Su pelo estaba tan revuelto como si acabara de levantarse de la cama, pero creaba un efecto estupendo y le daba un aspecto más frágil y vulnerable, pero más maduro. Se había convertido en una especie de diosa seductora. ¿Cómo demonios se suponía que él iba a ser capaz de soportarlo?

–Está perfecto –dijo con tono ronco mientras tragaba saliva con esfuerzo.

–¿De veras? ¿No ha quedado demasiado corto?

–Estás preciosa. Genial, de hecho. Créeme. Y ahora siéntate para cenar.

Después de la cena, Sherry metió los platos en el lavavajillas y se dispuso a salir para irse a trabajar, pero Clara la detuvo.

–Espera, ha llegado algo por correo para ti esta mañana.

–¿Qué es?

–No lo sé, pero parece una invitación de boda. De Palm Beach –añadió señalando el sello.

Sherry se quedó estupefacta ante la sospecha de que Tug estuviera mandando invitaciones para una boda que no llegaría a celebrarse jamás. Ella ya estaba casada, con Mike.

Abrió el sobre con manos temblorosas y leyó el texto de la tarjeta que contenía.

–Y bien, ¿qué es? ¿Una invitación de boda?

–Casi. Es una invitación a la fiesta de una boda, la de mi hermana Juliana. Aparentemente, sigo en desgracia para la familia y no estoy invitada a la ceremonia, pero insiste en que vaya a la fiesta. Sin embargo, no iré –dijo Sherry encaminándose hacia la puerta.

–Creo que deberías ir –intervino Mike, ya en el descansillo–. De hecho, creo que deberíamos ir los dos.

Clara cerró la puerta detrás de ellos para permitirles un poco de intimidad.

–No estoy segura. La recepción es en la casa familiar y no quiero volver por allí.

–No te perderé de vista –le aseguró él–. Es la

ocasión perfecta para demostrar que somos una auténtica pareja.

–Creo que realmente no me apetece…

–¿Acompañar a tu hermana el día de su boda?

–Tengo miedo de Tug.

–Lo sé, pero todo irá bien. Te lo prometo. Jamás permitiré que nadie te haga daño. Jamás.

Capítulo Ocho

Los ojos de color gris plateado de Mike brillaron con la misma fuerza que sus palabras. Sherry se estremeció, deseando que su promesa fuera cierta, aunque sabía que solo se prolongaría hasta que ella estuviera fuera de peligro. Deseó abandonarse en sus brazos para sentirse reconfortada. Pero sabía que debía empezar a no depender de él. Un día, no muy lejano, volvería a verse sola en la vida. Cada vez que había prometido protegerla, había deseado creerlo, pero le habían prometido muchas cosas a lo largo de su vida y todas se habían convertido en castillos de arena barridos por el oleaje. Sin embargo, Mike era diferente, tan honesto, tan sincero que... No importaba la diferencia, se dijo, el problema era ella. Él la ignoraba y pronto sería descartada como simple recuerdo del pasado.

Él le acarició los cortos cabellos de la nuca.

–Créeme –dijo.

Pero ella no podía dar importancia a sus palabras porque sabía que a él no le interesaba como mujer. Lo había dejado bien claro numerosas veces.

–¿Te he decepcionado alguna vez? –insistió Mike.

–Hasta ahora no. Pero solo ha pasado una semana.

Él la tomó por los hombros con firmeza.

–¿Qué tengo que hacer para que te convenzas de que no soy como todos esos idiotas a los que has tenido la mala suerte de conocer en Palm Beach?

–Sé que tú eres diferente, Mike. Pero ambos sabemos que la que no soy diferente soy yo –dijo Sherry, soltándose para salir corriendo hacia la puerta. Necesitaba desaparecer para evitar tener que exponer su debilidad ante una persona que podía utilizarla para hacerle daño, como había ocurrido multitud de veces a lo largo de su vida.

–Sherry, espera –dijo Mike, tomándola del brazo–. Eso no es verdad. Tú no eres como ellos. Es posible que no haya querido admitirlo hasta ahora, ¿de acuerdo? Pero tú eres... eres... tú eres tú.

–¿Qué significa eso?

–Déjame que cuide de ti, ¿vale? Con eso me conformo. ¿Te fías?

–¿Por qué habría de hacerlo?

–Porque eres mi esposa.

Sherry forzó una sonrisa.

–De pacotilla –bromeó con cierta acritud.

–De carne y hueso –rectificó Mike tomando su rostro entre las manos–. Para el resto del mundo eres mi mujer. ¿Qué clase de hombre sería yo si permitiera que te ocurriera algo malo? –Sherry creyó entender. Era una simple cuestión de orgullo masculino–. ¿Vendrás a la fiesta de tu hermana conmigo? Cuidaré de ti.

–De acuerdo –accedió ella mientras los labios de él se posaban inesperadamente sobre los suyos.

Ella saboreó el beso y deseó que continuara. La mano de él se deslizó hasta su cintura. Él abrió la boca y Sherry dejó entrar su lengua y se estremeció ante la sensual caricia. Hacía días que necesitaba que ese hombre la tratara con dulzura.

–¡Eh, meteos en casa para hacer esas cosas! –gritó una voz femenina–. Katie está a punto de aparecer y no quiero tener que explicarle la sexualidad de los animales en una lección avanzada.

Sherry separó la boca, pero Mike no permitió que se soltara del abrazo. De hecho, la colocó en una posición en la que era imposible no sentir su magnífica erección.

–Solo era un beso, Donna –dijo Mike.

–Cariño, no era solo un beso, era un anticipo de algo mucho mejor. Y prefiero no verlo.

Con una risotada, Mike se llevó a Sherry hasta la puerta de su apartamento. A cada paso que daban, ella era más consciente de su erección mientras languidecía de deseo por él. Y el hecho de que él la rechazara aumentaba su pasión. Aunque estaba claro que su cuerpo respondía saludablemente al erotismo que se había creado entre ellos. Él la rechazaba, pero la deseaba. ¿Podría el deseo físico con el rechazo emocional?

–Necesito darme una ducha –dijo él cuando cerraron la puerta del apartamento tras ellos, desapareciendo en el cuarto de baño.

Sherry soltó un largo suspiro y se dejó caer en un sillón porque las rodillas no la sostenían. Así que no pasaría nada esa noche. Pero eso no significaba que no pudiera pasar al día siguiente, o al siguiente. Aún tenían meses de convivencia por delante.

Juliana llamó el jueves por la noche. Iba a casarse al día siguiente a las tres de la tarde con Kurt Collier.

–¿Cómo estás?

–Emocionada –rio Juliana.

–¿Y Kurt?

–No lo sé.

–¿Cómo que no lo sabes? Al menos te habrá besado.

–Sí, varias veces.

–¿Ha sido bonito?

–Precioso.

–Me alegro. Eso significa que, aunque sea un matrimonio concertado, tú estás contenta y él se porta bien. Te mereces ser feliz.

–¿Vendréis a la fiesta?

–Por supuesto. Iré del brazo de Mike.

Cuando Sherry colgó el teléfono sintió un rapto de envidia. Si Kurt iba en serio, Juliana sería feliz con él, lo cual era más de lo que ella aspiraba a llegar con Mike.

La fiesta del viernes estaba en pleno apogeo cuando Sherry y Mike llegaron. Había gente elegantemente vestida por toda la casa, por el jardín y alrededor de la piscina, bebiendo, charlando y riendo. Él notó que estaba nerviosa y la tomó de la mano. Saludaron a los novios, que resplandecían de júbilo, tomaron una copa de champán, probaron unos exquisitos canapés y dieron una vuelta por el jardín, observando a las parejas que bailaban. De pronto, Sherry divisó a su padre y a su madrastra y se aproximó a ellos.

–Babe, Tug, quiero presentaros a mi marido, Mike Scott –dijo sin apenas mirarlos. Se estrecharon las manos formalmente.

–¿A qué se dedica usted, señor Scott? –preguntó Babe.

–Trabajo en La Jolie.

–¿Cómo camarero?

–Hago cosas diversas.

Una mujer muy maquillada y con vestido escarlata llamó la atención de los padres de la novia. Mike y Sherry aprovecharon para continuar su paseo. El encuentro no había sido tan terrible como Sherry se había temido. Mike la admiró por la entereza que había demostrado. ¿Sabía esa mujer lo embrujado que lo tenía?

La banda tocaba una balada melodiosa y romántica.

–¿Quieres bailar conmigo? –preguntó Sherry, tomándolo por las manos.

Mike no quería hacerlo, en realidad no debía hacerlo. Pero, como ya le había sucedido varias veces en los últimos días, se encontró haciendo exactamente lo contrario de lo que pensaba. La tomó entre sus brazos, apoyó su mejilla contra la suya y se dejó llevar por la música. El resto del mundo desapareció. Con el movimiento del baile, Sherry fue acercándose a él mientras Mike la envolvía de forma cada vez más íntima con los brazos. Su corta melena le acariciaba el rostro. Su exquisito aroma se mezcló con el del mar y el jazmín, dejándolo embelesado. Podría seguir bailando hasta el fin del mundo.

–¿Puedo interrumpir? –preguntó Juliana de pronto, con una sonrisa–. Me da la impresión de que si no los detengo, vais a seguir así toda la noche. Además, quiero tener una pequeña charla en privado con mi hermana.

Las dos mujeres se alejaron para tomar asiento en el porche mientras Mike buscaba un lugar discreto desde donde poder tener a Sherry bajo vigilancia. Las vio charlar animadamente y admiró la figura de su esposa.

Tomó un sorbo de cerveza y, al levantar la vista, se encontró con que Tug se dirigía hacia él.

Capítulo Nueve

–Así que usted y mi hija Sherry se han casado realmente –dijo Tug agitando los hielos de su whisky en el vaso.

–Sí. Nuestra unión es completamente legal.

Mike se mantuvo a la espera; no sabía qué era lo que deseaba ese hombre, pero mientras Sherry se mantuviera fuera de su alcance, a él no le importaba.

–¿Por qué? –preguntó Tug–. ¿Qué esperas obtener de ello?

–Espero tener lo que tengo, una esposa –contestó Mike.

–Estás pensando en la cantidad de dinero que va a caer sobre ti el día de su cumpleaños, ¿no? Estoy seguro. Pero podrías cambiar de planes. Divórciate ahora y yo te compensaré generosamente. Si no, no conseguirás nada.

Mike se enfureció, pero logró controlarse.

–Sherry es mi esposa, ¿Lo entiende? Es mía. Y nadie me va a hacer cambiar de opinión.

–¿Quién demonios te piensas que eres? –preguntó Tug, rojo de ira–. No eres nadie, absolutamente nadie.

–Es posible. Pero ese nadie está casado con su hija Sherry. Y no piensa abandonarla.

Tug se puso aún más encarnado y, antes de que Mike pudiera defenderse, le soltó un puñetazo en plena cara. El segundo puñetazo también acertó de lleno, pero reaccionó a tiempo de detener el tercero y agarró la muñeca de su suegro para doblársela detrás de la espalda, inmovilizándolo con destreza.

Varias mujeres chillaban y se había formado un corro de gente en torno a ellos. Sherry corría hacia él, gritando su nombre.

Mike retorció un poco más el brazo de Tug y le acercó la boca a la oreja.

–Manténgase alejado de Sherry y de mí –susurró– y se evitará muchos problemas. ¿Entendido?

–Sí, sí, entendido.

En cuanto su suegro se dio por vencido, Mike aflojó la presión y observó cómo se alejaba hasta que Sherry se plantó junto a él.

–Mike... ¿Qué ha pasado?

–Parece que hemos montado un escándalo –contestó él, encogiéndose de hombros.

–¿Eso que importa? ¿Cómo te encuentras? Tu cara parece... ¿te duele? –preguntó ella pasando un dedo por las contusiones. Mike tuvo que reprimir un estremecimiento ante su muestra de ternura.

–Vayámonos de aquí –dijo él, tomándola de la mano.

–Sí. Tenemos que ir al hospital a que te revisen.

–Olvídalo. Volvamos a casa.

–Ni hablar. Ese ojo tiene muy mal aspecto.

–Estoy bien.

–No te creo. Déjame ver.

–Aquí no. La gente nos está mirando. Quiero salir de esta casa.

–Vamos a la caseta de la piscina, allí estaremos a solas.

Mike vio la caseta entre los enormes arbustos. Sherry lo condujo alrededor de la piscina hasta llegar el pequeño edificio. Mike cerró la puerta de una patada una vez estuvieron dentro. No quería que nadie supiera que estaban allí. Sherry lo llevó hasta un cuarto de baño alicatado en gris y encendió la luz.

–Siéntate ahí –pidió–. Mike obedeció y ella humedeció un paño y se inclinó sobre él para limpiar las heridas–. ¿Qué pasó?

–Una estupidez –contestó, disgustado, y con ganas de atraerla hacia sí y besarla.

La tierna preocupación de ella había hecho aflorar la suya de forma conmovedora. No podía poner freno a sus sentimientos, por mucho que lo intentara.

Cuando el padre de Sherry había dicho tales groserías en la fiesta, Mike se había sentido inundado de una furia casi incontrolable. Pero sabía que no se habría enfadado tanto si no fuera por los sentimientos que profesaba a Sherry. Era cierto que no había llegado a devolverle los golpes a Tug, pero si hubiera mantenido una fría calma nada habría pasado. No podía seguir negándolo, sentía algo importante por Sherry. Algo que estaba en constante crecimiento y que se hacía más evidente cada vez que ella le tocaba la cara con el paño mojado, curando sus heridas sin hacerle daño.

Pensaba que aún no había llegado al punto de enamorarse de ella, pero los ingredientes necesarios estaban ahí: la ternura, la necesidad de protegerla, el deseo. Mike aspiró su aroma y se dijo que tenían que salir de allí inmediatamente, tenía que llevársela a su casa para que volviera a estar segura, tenía que desterrar la tentación de poseerla porque, en caso contrario, rompería la promesa que se había hecho a sí mismo. Y lo que era peor aún, se le rompería el corazón.

–Has tenido suerte –dijo Sherry, dejando el pañuelo en el lavabo–. Solo parecen magulladuras, ni siquiera te ha roto un labio.

–Detuve el golpe que iba dirigido a la boca.

–¿Qué pasó? ¿Por qué te pegó?

–Porque no estaba dispuesto a divorciarme de ti.

–Ah –exclamó ella, mirando hacia otra parte–. Lo siento, ha sido culpa mía que te hayas tenido que enfrentar con ese bruto.

–No me importa –dijo Mike, sin poder resistirse por más tiempo. Necesitaba tenerla entre sus brazos tanto como respirar–. No me importa en absoluto –dijo mientras la besaba. El beso fue tierno y dulce y procedía del corazón. Mike supo que finalmente se había dejado llevar por sus verdaderos sentimientos. Ella le puso una mano sobre la mejilla y suspiró, satisfecha, relajándose en el abrazo. Mike sintió que Sherry se abandonaba porque confiaba plenamente en él. Pero él necesitaba llegar más allá. Necesitaba sentir todo lo que ella pudiera darle.

Se planteó romper su compromiso de negarse

al placer de las mujeres. Ya no le importaba que intimar con ella pudiera ser la mayor equivocación de su vida. Ya no le importaba que fuera una de esas mujeres ricas de Palm Beach. Todo lo que le interesaba era que Sherry era su esposa y que estaba entre sus brazos.

Mike bajó la mano hasta su cintura y la deslizó por encima de la cadera hasta alcanzar el borde de su vestido. Una vez allí, esperó una señal de aprobación por parte de ella. ¿Se negaría?

Sus gemidos no sonaron a objeción, ni siquiera cuando él le acarició los muslos con los pulgares. Ella profundizó en el beso, metiéndole la lengua en la boca. Su mano se alejó de la mejilla para introducirse por debajo de la chaqueta y acariciar su pecho por encima de la camisa.

Él se incorporó para sacarla del estrecho cuarto de baño colgada del cuello, para buscar la comodidad de la antesala. Ella lo besó en la garganta, en la barbilla, en las mejillas y, de nuevo, en la boca. Él metió una rodilla entre sus piernas y le lamió la barbilla.

–¿Adónde me llevas? –preguntó Sherry, preocupada porque, como otras veces, él fuera a abandonarla.

–Estamos en un cuarto de baño.

–¿Y qué?

–Me niego a hacerle el amor a mi esposa por primera vez en un cuarto de baño.

Ella sonrió, entusiasmada por lo que acababa de oír.

–Hay una cama en la sala –contestó ella con apremio.

–Gracias a Dios –dijo Mike levantándola en brazos y en íntimo contacto con su cuerpo. Sherry le pasó las piernas por detrás de las caderas, levantándose la falda hasta la cintura–. ¿Dónde?

–A la derecha, te tropezarás con ella si no tienes cuidado.

Mike dio un par de zancadas y atisbó la cama bajo la pálida luz que se colaba desde el exterior. Ambos se lanzaron sobre ella. Se besaron con pasión, incapaces de separarse, mientras se iban quitando la ropa. Una vez desnudos, se juntaron de nuevo como si fueran un solo ser, enganchados el uno al otro.

Sherry se estremeció de deseo al notar su erección, pero él la hizo esperar, acariciando y besando su cuerpo por todas partes, con gestos pasionales y tiernos. Luego, la miró a los ojos detenidamente y ella no sintió vergüenza de su desnudez, se sentía cómoda, bella, admirada y segura.

Cuando él le besó los pezones, ella se arqueó de placer, rogando al cielo que ese infinito éxtasis continuara. Él acarició sus pechos y su vientre, preparándola detenidamente para la penetración. Ella jamás había sentido una pasión semejante, que amenazaba con desbordarla. Separó la piernas, pero él mantuvo la distancia mientras ella se agarraba a su cabello.

–No puedo soportarlo más –gimió Sherry, deseando que la penetrara.

–Claro que puedes –contestó él, besándola de nuevo.

–Hazme el amor, Mike –rogó.

–Lo haré, te lo prometo –dijo él acariciándole el pelo y succionando uno de los pezones.

El mundo se desvaneció, el cuerpo de ella se tensó, electrificado, y sus sensaciones se aproximaron a las de estar al borde de un pronunciado precipicio. ¿Qué estaba haciendo con ella ese hombre? Él deslizó la mano hasta tocar el centro de su feminidad con cuidado y ella sintió una explosión de placer inimaginable hasta entonces, llena de luces que titilaban. Pero no era suficiente, necesitaba más, lo necesitaba a él dentro de ella, y él le dio por fin lo que quería con un empujón decidido. Sherry cerró los ojos mientras él iniciaba un suave movimiento de vaivén, conduciéndola a otro estado de cortocircuito semejante al anterior.

No se sentía con fuerzas para tener otro orgasmo e intentó incorporarse, pero él la retuvo.

–Déjate llevar, preciosa. Vuela conmigo.

–No puedo.

–Puedes. Créeme. Te juro que estaré allí, preparado para recogerte en cuanto saltes en pedazos.

–Mike, por favor...

–Déjate llevar.

–No puedo –gimió ella mientras una nueva explosión de placer se apoderaba de sus sentidos. Las convulsiones no parecían tener fin.

Él gritó de placer al mismo tiempo. ¿Había dicho su nombre? Sherry no lo sabía. Finalmente él se dejó caer hacia un lado, arrastrándola consigo, para tomarse un respiro. Ella deseó abrazarlo, pero se encontraba sin fuerzas ¿Qué había hecho ese hombre con ella?

Él le acarició la mejilla con un dedo y cuando la besó en la oreja, ella empezó a llorar. Había sido todo tan intenso, tan tierno, que estaba sobrecogida por la emoción. Y él era tan dulce... Hacer el amor había sido para ella algo más que el puro acto sexual, tal y como él había indicado que debía ser. Y la dedicación de él con ella le había demostrado algo. Sabía que Mike no estaba enamorado de ella, pero al menos sabía tratarla mejor que nadie en el mundo.

–Sherry, ¿qué pasa? –preguntó él con un ataque de pánico al verla llorar.

Ella no podía hablar y solo fue capaz de acurrucarse en su hombro para seguir llorando.

–¿Estás bien? ¿Te he hecho daño? –insistió él–. Háblame, Sherry. Dime qué te pasa.

Ella se dio cuenta de que él estaba preocupado, no la comprendía, ni siquiera ella misma se entendía. Pero la abrazó y la acunó mientras seguía llorando. Le acarició el pelo, dándole un beso de vez en cuando en la frente y en la cabeza, esperando.

Al final se secó temblorosamente las lágrimas, todavía acurrucada junto a él.

–¿Te sientes mejor?

–Hum. Odio llorar.

–¿Qué te ha pasado? ¿Ha sido culpa mía?

–Algo parecido.

Él la miró palideciendo.

–No te preocupes –lo calmó ella, tomándole el rostro entre las manos para depositar un suave beso sobre su boca–. Eres maravilloso. Perfecto. Ese es el problema.

Él aún parecía incrédulo, a la espera de una explicación más convincente. Y ella decidió confiarle su secreto.

–¿Sabes por qué me llamo Sherry? No es un nombre muy habitual, ¿verdad? Cuando mi madre era joven, el jerez era considerado como una bebida aceptable para señoritas. Pero podría haberme llamado «Whisky», o «Tequila», igualmente. Mi madre era una alcohólica que jamás se preocupó por mí y murió ahogada al caer de una barco al agua estando completamente borracha. Después de eso, me fui a vivir con Tug y Babe. Puedes imaginarte el infierno en que he vivido toda mi vida.

Él no dijo nada, pero le pasó los dedos por los ojos.

–¿Lo entiendes? –preguntó ella–. Tú me has cuidado, me has mimado. Es la primera vez que alguien me trata así.

Mike la estrechó contra sí. Acababa de meterse en una tormenta emocional, con el viento soplando fuerte. La besó en la frente. Había sabido desde un principio que si se atrevía a hacer el amor con ella, las cosas cambiarían radicalmente. La temblorosa confesión solo había servido para avivar sus sentimientos por ella. Sabía que iba a sufrir mucho en cuanto ella decidiera marcharse. Y estaba seguro de que eso era lo que iba a pasar. Sherry había hablado de lo mucho que él se había preocupado por ella, pero no había dicho ni una palabra sobre estar interesada por él. Pero sus barreras defensivas acababan de ser derribadas y se planteó cómo volver a levantarlas para que al final no le resultara tan difícil decirle adiós.

Pero... ¿qué pasaría si ella decidiese quedarse con él? Si ella se enamorara...

No, no podía engañarse. Blair lo había amado, o al menos así lo había dicho, pero había preferido irse con un hombre más rico que él.

Sherry era diferente. Lo sabía. Pero no se atrevía a pensar que la diferencia fuera muy sustancial. Aunque había sufrido enormemente al descubrir la verdad sobre Blair, sabía que Sherry lo iba a hacer sufrir aún más. Tenía que estar preparado para dejarla marchar.

–Se estarán preguntando dónde estamos –susurró Sherry sobre su pecho.

–Seguramente –contestó él, acariciándole la mano.

–Deberíamos vestirnos y volver a la fiesta.

Él no quería. Si se quedaban allí, el uno en los brazos del otro, el final estaría menos cercano.

–De acuerdo –dijo.

Se separaron renuentes y despacio para buscar sus ropas.

–Mi vestido está arrugado –comentó Sherry– y seguro que estoy despeinada.

Mike sonrió.

–Eso es lo bueno que tiene tu nuevo corte de pelo, ¿no? Siempre parece que acabas de levantarte de la cama, así que aunque ahora sea cierto, no importa.

–Calla –dijo ella en tono de guasa–. Acabo de pasar por la experiencia más maravillosa de mi vida.

Él deseó besarla de nuevo.

–Sí, ha estado bien, pero sabes que no debemos repetirlo –dijo él, a la defensiva.

Ella le puso los dedos en la boca y él no pudo evitar besarlos.

–Lo sé. Qué pena.

Él la besó apasionadamente y con urgencia. Una vez llegaron a la puerta de la caseta de la piscina, aprovechó su última oportunidad y volvió a besarla, despacio y con dulzura. Después abrieron la puerta y se reincorporaron a la fiesta.

Las siguientes semanas se sucedieron en una especie de borroso dolor. Mike puso de nuevo a Sherry en el turno de día con la excusa de que alguien tenía que ocuparse de Clara mientras él trabajaba. En realidad, lo hizo para evitarla.

Además, ya tenían cada uno su coche y se movían con independencia. Sherry había entrado al despacho de su padre durante la fiesta y había recuperado las llaves.

Él apenas la veía, pero eso parecía no importar demasiado. Sherry estaba siempre presente en su pensamiento, le creaba un dolor constante en el corazón. Pero lo superaría, no tenía alternativa.

Mike estaba trabajando muy tarde el viernes por la noche cuando sonó el teléfono.

–¿Mike? –la voz de Sherry parecía dubitativa, casi temerosa.

–Dime –contestó él intentando mostrarse amable.

–Tienes que venir al hospital. Clara está bien, pero…

Él no necesitó oír nada más. Colgó el teléfono y salió corriendo.

Capítulo Diez

Sherry se lo encontró en la sala de espera de urgencias.

–Ella está bien, Mike, de verdad. Tan batalladora como siempre. Por eso te he llamado –dijo tomándolo de la mano para conducirlo hacia la zona de habitaciones–. Se pelea con todos los médicos y las enfermeras.

–Entonces, ¿por qué está aquí? –preguntó él conteniéndose para no ahogar su pánico con un puñetazo en la pared.

–Se desmayó. Tuve tiempo de agarrarla, por lo que no se ha roto nada, pero... bueno... me entró el pánico –dijo ella con una mueca–. He preferido esperarte en la sala de espera porque Clara me estaba amenazando con llamar a la policía para que la sacaran de aquí. Creo que no le gustó nada verse transportada en camilla, hirió su orgullo.

–Gracias. Hiciste lo que había que hacer. Además, ella puede soportar la vergüenza de verse inhabilitada hasta que comprueben cómo está –dijo Mike mirándola por primera vez desde que había entrado en el hospital. Sherry tenía una magulladura en la mejilla y se le estaba amoratando un ojo–. ¿Qué te ha pasado?

–Nada –dijo ella apartándose.

Mike la tomó de un brazo para poder mirarla a los ojos y tocarle las heridas con dedos gentiles.

–Yo sí creo que te ha pasado algo. ¿Qué ha sido?

–Tu madre te espera –dijo ella señalando una puerta.

–Lo sé, la oigo refunfuñar. Pero dijiste que estaba bien, ¿no?

–Sí, básicamente. El médico dijo que...

–Hablaré con él dentro de un instante. Pero ahora dime, ¿qué te ha pasado en la cara? –pidió él alzándole la mejilla con un dedo.

Ella rechazó la caricia.

–Tu madre pesa más de lo que parece. Cuando se desmayó, perdí el equilibrio. Nos caímos las dos y yo me golpeé con la encimera de la cocina. Pero Clara está bien.

A Mike se le tensó la mandíbula del tal manera que casi no podía respirar. Tomó a Sherry entre los brazos, haciendo caso omiso a su resistencia, y la estrechó contra su pecho. Esa mujer no solo había cuidado de su madre, sino que se había herido en el intento. Y esa mujer era su esposa. ¿Cómo iba a soportar separase de ella? Siempre podría mantenerla a su lado contándole la verdad sobre su situación financiera, pero no quería que ella se quedara por esa razón. Necesitaba alejarla, hacerle comprender que pertenecían a mundos diferentes. Ella había nacido rica y él se había hecho millonario trabajando. Aunque, quizá, si su plan de alejarla no tenía éxito... No, eran demasiado diferentes. Era imposible. Tenía que hacer algo para aclarar las cosas definitivamente.

Se separó de Sherry y entró a la habitación de su madre. Ella lo miró desde la cama, llena de tubos y conectada a varios monitores.

–Ya era hora de que llegaras. Llévame a casa ahora mismo.

–Ni hablar. Tú te has desmayado y le has puesto a mi mujer un ojo morado. Te mereces por lo menos una semana de hospital como castigo.

–No creo que eso sea una tortura –protestó el médico.

–Ni yo tampoco –dijo Mike–. Pero mi madre sí –añadió, pasando a presentarse–. ¿Qué ha pasado?

Sherry se quedó en el umbral de la puerta escuchando la conversación. Habría que ajustar el medicamento para la tensión de Clara y el médico de guardia creía que su cardiólogo, que estaba de camino, recomendaría instalar un marcapasos. Pero, por lo demás, la paciente se encontraba bien. Todo lo bien que permitían las circunstancias. Sherry se sintió aliviada.

Por descontado, Clara se negó a que le instalaran un marcapasos; no quería verse electrocutada cien veces al día y no quería líos. Y tampoco quería pasar la noche en el hospital. Mike hizo caso omiso a sus objeciones, le dijo que ya discutirían sobre el marcapasos más adelante e hizo pasar a sus hermanas cuando llegaron. Su capacidad de reacción dejó a Sherry maravillada.

Una enfermera que pasaba por allí le entregó una bolsa de hielo para el ojo, pero el estremecimiento que sintió al aplicársela no tenía nada que ver con el frío. Aún recordaba la suave caricia de Mike, el haber estado en sus brazos escuchando el golpeteo de su corazón. Quería más amor y la profundidad de su deseo la asustó.

La vieja historia volvía a ella: suspiraba porque alguien le hiciera un poco de caso. Tenía que controlarse. Y, sin embargo…

Mike era diferente. Le había hecho el amor a ella, a Sherry Eloise Nyland, no a cualquier cuerpo disponible. Podía jurar que había sido así, que no eran imaginaciones suyas. Que su dedicación amorosa había estado dirigida a ella y a nadie más. ¿Cómo iba a poder hacerse a la idea de no volver a tener un contacto tan íntimo con él nunca más? Pero tampoco quería volver a hacerlo, si no iba a ser nada más que otro episodio aislado, pues eso solo la haría sentirse más necesitada aún.

De pronto, recuperó la confianza en sí misma. Había conseguido romper con su padre. Él no había hecho ninguna llamada al club ni a casa de Mike ni a casa de Clara, y si lo hubiera hecho, ella le hubiera dicho exactamente lo que pensaba. Pero habían pasado las semanas y ella ya sabía que podría salir adelante sola en la vida. Era consciente de que sabría volver a reaccionar ante la adversidad. Entonces, ¿qué daño podría suponerle volver a hacer el amor con Mike? Ella era una persona fuerte.

Pasaron algunas semanas antes de que Mike se decidiera a poner su plan en práctica. La tensión arterial de su madre había vuelto a la normalidad, pero aún se resistía al marcapasos. Como no quería instalarse con él, ni dejar que ninguna de sus hijas fuera a cuidarla, Mike había contratado a una enfermera privada. Clara se había quejado de eso también, pero él no le había hecho caso.

Un sábado por la mañana, Mike aparcó delante de una gran casa de dos plantas. Sherry y él salieron del coche.

–¿Eso es lo que tenemos que pintar? –preguntó ella, asombrada.

Él rio. Su plan iba a funcionar estupendamente. La increíble actividad que acababa de proponerle le demostraría definitivamente que pertenecían a mundos distintos.

–Solo por dentro. La pintura exterior aguantará perfectamente un par de años más. Pero también tendremos que barnizar los suelos de los porches.

–¿Y por qué tenemos que hacerlo nosotros? –preguntó Sherry.

–Porque podemos hacerlo y es mucho más barato que contratar profesionales –contestó Mike, pensando que todo estaba saliendo según lo planeado. Estaba seguro de que su tacañería iba a espantarla.

–No me refiero a eso. Lo que quiero saber es que tiene esa casa que ver con nosotros. ¿Por qué vamos a pintarla?

–Pertenece a mi madre. Yo nací aquí.

–¿De verdad?

–Sí, luego me trasladé al apartamento, pero cuando mi murió mi padre, mi madre prefirió estar cerca de mí, en un sitio más pequeño. Por eso pusimos la casa en alquiler. Los inquilinos acaban de mudarse y hay que dejarla preparada para los próximos. La pintura es fundamental –dijo él con una sonrisa malévola, pensando en que después habría que limpiar las moquetas y los cristales.

Ella puso los ojos en blanco y empezó a transportar las latas de pintura hasta el porche.

Él decidió empezar por los dormitorios del primer piso. La pintura blanca permitiría alquilar la casa más fácilmente, pero era más costosa de mantener. Sherry extendió las telas protectoras sobre la moqueta y él preparó la escalera para pintar los techos altos. Ella se quedó encargada de pintar las puertas y ventanas de madera con esmalte y demostró que no se le daba nada mal. Cuando terminaron, Sherry estaba cubierta de pequeñas motas de pintura y tenía una gran mancha en el pelo, culpa de Mike. Estaba hecha un desastre. Se trasladaron al siguiente dormitorio. Él llevaba el rodillo para las paredes en la mano.

–Déjame probar –dijo Sherry–. Quiero pintar esta habitación.

–¿Por qué?

–Porque sí.

–Ten cuidado, no lo cargues mucho de pintura.

–Ya lo sé, señor Dejo-que-le-caiga-la-pintura-en-el-pelo-a-mi-mujer.

–Se lava bien.

–Eso espero –dijo ella con un tono que parecía guasón. Y no era eso lo que Mike deseaba. No quería que se divirtiera. Quería que sufriera.

Ella se puso a aplicar la pintura con el rodillo, sin conseguir que cubriera bien toda la superficie.

–Aprieta más –dijo Mike.

–¿Así?

–Más –dijo Mike ayudándola.

Una banda perfecta de pintura apareció sobre la pared y Sherry rio.

–Es maravilloso. ¡Qué contraste entre la pintura antigua y la nueva! Aplicas el blanco y… ¡magia! –exclamó Sherry, entusiasmada.

Ella seguía extasiada mientras la pintura se secaba en el rodillo y Mike descubría que aún tenía los brazos alrededor de ella para ayudarla a sujetar el mango. Soltó el mango, pero no pudo separarse de ella. No mientras continuara oliendo su aroma y con la nuca a dos dedos de sus labios.

¿Qué había pasado con su plan? Había estado seguro de que iría a funcionar, pero había bajado la guardia y ella se había hecho con los mandos.

–Quiero pintar con color. Quiero pintar de azul –dijo Sherry al cabo de unos instantes–. Y de rojo –añadió volviéndose hacia él–. Babe pintaba la casa todos los años, pero siempre de blanco. Y yo quería ver colores. Pero mi opinión nunca le importó lo más mínimo.

–Tranquila. Limitémonos al blanco en esta casa, ¿de acuerdo? Puedes pintar el apartamento de colores, si quieres.

–¿De verdad?

–Claro –contestó él, encogiéndose de hombros–. ¿Por qué no? No es más que pintura. Si nos volvemos locos de tanto color, siempre podemos volver a pintar de nuevo.

–Mike... –suspiró ella con lágrimas en los ojos.

¿Cómo podría él restarle importancia a las lágrimas de esa mujer?

Sherry se lanzó en sus brazos y lo besó con tanta pasión que él tuvo que dar un paso hacia atrás antes de poder devolverle el abrazo y el beso con un fervor similar.

Mike sintió cómo todo su cuerpo explotaba de pasión y de necesidad, como si el férreo control que había mantenido durante semanas se estuviera cobrando su precio.

Metió las manos por dentro de los pantalones cortos de Sherry para agarrarla del trasero y atraerla hacia sí. Pero no era suficiente, así que la tumbó sobre la tela vieja con la que habían cubierto la moqueta y le acarició los pechos. Como aún no estaba satisfecho, le quitó la camiseta y el sostén y se metió los pezones en la boca, por turno. Pero necesitaba más, le daba la impresión de que jamás sería capaz de saciarse porque... la deseaba. La deseaba a ella, a Sherry, no solo a su cuerpo.

–No puedo –graznó él al cabo de un momento.

–¿Por qué, Mike? –susurró ella, acariciándole el pelo.

Él pudo sentir cómo ella trataba de contener las lágrimas y eso era más de lo que podía soportar. «Por favor, no llores», rezó para sí.

–Porque no –dijo, sabiendo que era una respuesta estúpida. Tenía que decir algo más, se lo debía–. Ya te lo dije, para mí el amor tiene que significar algo. Para ambos.

–Pero yo sé que te gusto...

Él no lo pudo soportar más y se puso en pie, sin alejarse demasiado, lo suficiente como para poder mirar por la ventana. Oyó cómo Sherry se acercaba por detrás. Ella le tocó un hombro.

–¿Mike?

Él trató de librarse de ella con un gesto, pero no pudo. Sherry lo tomó del brazo y lo obligó a girarse para mirarlo de frente. Mike no era capaz de mirarla, así que dejó que su mirada se perdiera en los confines del pasillo. Ella le acarició los pómulos con la punta de los dedos y él cerró los ojos, abandonándose a la ternura.

–¿No estarás pensando que a mí no me...? Eso es lo que estás pensando, ¿no? No es posible. Ay, Mike.

Ella apoyó las manos sobre el pecho de él, se estiró y lo besó en la boca. Él no devolvió el beso, pero alzó las manos para cubrir las suyas.

–No sabes lo mucho que me importas –dijo ella, besándolo en la mejilla antes de retirarse. Él la dejó marchar, del mismo modo en que la dejaría marchar cuando llegara el momento. Pero ella terminó de desnudarse y, con un suspiro, dejó caer la ropa sobre el suelo.

¿Qué estaba haciendo esa mujer? Mike estaba helado, mirando las prendas que ella ya no llevaba. ¿Para qué? No pudo moverse ni pensar ni actuar mientras ella se acercaba a él. ¿Qué quería esa preciosidad?

Sherry tomó los bordes de la camiseta de Mike

para quitársela y los brazos de él se alzaron automáticamente. Ella buscó con los dedos el elástico de sus pantalones cortos, pero él la detuvo. No podía hacerlo, no si ella no estaba segura de sentir algo por él.

–Sherry, no tienes por qué…

Ella lo besó, interrumpiendo sus palabras con eficacia, mientras se frotaba los pechos contra el torso de él. Las manos de Mike apretaron las suyas con fuerza.

–Calla –susurró ella empinándose sobre las puntas de los pies para mordisquearle la oreja–. Ya sé que no quieres que haga nada que no desee hacer, Mike. Pero ¿qué importa eso?

¿A qué se refería ella? Mike tenía dificultades para recuperar sus facultades mentales. Sus palabras solo podían significar que quería hacerlo, que lo deseaba a él.

Ella le puso las manos en lo alto del trasero y las dejó allí. Cuidadosamente, tomó el elástico de los pantalones, tiró suavemente de él y se puso de rodillas, acompañando a la prenda hasta el suelo. Una vez allí, ya no volvió a levantarse. Posó la cabeza sobre su estómago y lo rodeó con los brazos. Él se estremeció. Estaba seguro de que ella no iba, no iba a…

Los labios de ella se cerraron sobre la sensible cabeza de su miembro viril. Cuando empezó a mover la lengua, él gritó y cayó de rodillas para abrazarla y besarla mientras ambos se dejaban caer sobre el suelo. Sherry rodó con él hasta que Mike quedó boca arriba con ella encima, peligrosamente cerca de la lata de pintura abierta.

Él trató de incorporarse, pero ella lo retuvo.

–Calma –dijo Sherry con ternura–. Hoy me ocupo yo de todo. Voy a cuidar de ti.

–Vas a matarme –gimió Mike.

–Veamos si soy capaz de conseguirlo –contestó ella con una sonrisa diabólica.

Ella tomó sus manos y las puso sobre el suelo, y luego se inclinó para besar el punto donde le latía el pulso en la garganta. Después besó su cuello y descendió hasta el pecho mientras sus dedos se entretenían en el fino vello que lo cubría. Él levantó las manos para tomarle la cabeza y obligarla a bajarla, pero ella se detuvo. Sherry lo tomó de las muñecas y volvió a separar sus manos.

–Estate quieto –pidió.

Mike no podía hablar y se limitó a asentir. Los músculos de su trasero se tensaron y levantó un poco las caderas, invitándola a mirar lo que allí había, a tocar.

Pero las manos de ella se deslizaron por su estómago y se internaron en sus caderas mientras besaba uno de sus pequeños pezones.

Él no podía resistirse a tocarla por más tiempo. La erótica exploración de Sherry lo tenía sobrecogido, gimiendo de placer. Y ella seguía sin tocarlo en el sitio que él deseaba. ¿Era una tortura intencionada para devolverle el castigo que ella había sufrido la primera vez que habían hecho el amor? Qué importaba. Mike perdió el control, la agarró y la puso debajo de sí, dándole un golpe a la lata de pintura con el codo, que no llegó a derramarse. Pero no le hubiera importado. Necesitaba introducirse en ella en ese mismo momento.

Tuvo la presencia de ánimo suficiente para buscar el preservativo que guardaba en su cartera desde el día de la fiesta. Una vez listo, entró en ella y Sherry gritó de placer, rodeándole la cintura con las piernas.

«Es mía. Ella es solo mía», pensó Mike dejando que las palabras calaran hondo en su mente al tiempo que se movía con ritmo dentro de ella. Consumido por la pasión, explotó de placer al mismo tiempo que ella.

No podría dejarla marchar. No sabía cómo iba a convencerla de que se quedase, pero lo tendría que intentar. Podrían salir mal las cosas, pero si renunciaba sin intentarlo, jamás sería capaz de perdonárselo.

–¿Estoy viva todavía?

Él sonrió.

–Al parecer ambos hemos sobrevivido a tu experimento.

Ella respiró hondo, presionando sus pechos contra él.

–Eso está bien, porque no hemos acabado aún.

–¿No? A mí me ha parecido estupendo.

–Sí, ha estado bien. Pero se suponía que yo debería haber estado encima de ti.

–Vale, vale. La próxima vez.

–¿La próxima vez?

–Te habías propuesto hacerlo, ¿no?

–¿Querrás intentarlo de nuevo?

–Claro, y seguir practicando hasta alcanzar la perfección.

Ella rio, abrazándolo.

–Me parece un plan genial.

Mike se dio cuenta de que la amaba en lo más profundo de su corazón. Sus ojos brillaban como las estrellas de emoción. ¿Conseguiría quedarse con ella? Sabía que ella lo amaba también, había escapado del dinero de Greeley y encontrado su protección.

–Será mejor que sigamos pintando las paredes –dijo Mike, todavía sorprendido de que una chica de Palm Beach pudiera entusiasmarse pintando. Sin embargo, algo de lo que le había dicho Tug durante la fiesta no lo dejaba tranquilo. Le había dicho que no conseguiría el dinero de Sherry aunque siguiera casado con ella. ¿Significaba eso que la herencia de ella estaba sujeta a alguna prohibición? No es que fuera un problema importante, él tenía tanto dinero que jamás sería capaz de gastárselo todo. Pero podía suponer un problema para Sherry. Quizá eso sería lo primero que tendría que comprobar en esa nueva fase de su vida. Debía enterarse de lo que Tug había querido decir y de cómo afectaba eso a Sherry.

Capítulo Once

Mike aparcó y apagó el motor. Luego, se quedó sentado, agarrado férreamente al volante para evitar los temblores. Tendría que haberse imaginado lo que acababa de descubrir, pero después de las dos últimas semanas, se encontraba bajo de defensas.

Ninguna mujer típica de Palm Beach acostumbrada al dinero podía emocionarse tanto con un bote de pintura. Aunque eso era lo que se había creído cuando Sherry se había puesto a pintar la cocina del apartamento de color rojo y su dormitorio de azul marino. Se había limitado a reírse y a dejarla hacer, aunque su habitación se había convertido casi en una cueva. No lo había molestado la oscura intimidad cuando Sherry se deslizaba con ganas bajo las sábanas de su cama y lo saludaba con besos, caricias y palabras bonitas, invitándolo a perderse en su calidez.

Pero todo era mentira.

Menos mal que lo había descubierto antes de dejarse llevar aún más lejos. Ya era lo suficientemente horroroso de momento, cuando empezaba a enamorarse de ella en serio. ¿Hasta qué punto hubiera ella prolongado la burla? ¿Hasta quedarse embarazada? Mike sintió pánico. Soltó el volante, abrió la puerta y salió del coche, con las manos aún temblorosas. Apretó los puños y se los metió en los bolsillos antes de cerrar el coche de una patada. La fuerte sensación de traición que había sufrido amenazaba con dejarlo hecho añicos. Jamás se había enfrentado a nada semejante, ni siquiera cuando Blair lo había abandonado. Tenía que recuperar el control antes de subir al apartamento para enfrentarse con Sherry. Ella estaría allí, era su día libre.

Mike movió una mano dentro del bolsillo y sintió el crujido del papel que acababa de arruinar su vida. Tenía en su mano la prueba. Lo arrugó con un gesto de desesperación y luego volvió a estirarlo. Respiró hondo y se dirigió al ascensor.

Se encontró a Sherry en la habitación de invitados, haciendo pruebas de color en la pared. Ella sonrió al verlo, como hacía siempre, y el brillo de la mentira se introdujo en el alma de Mike como un cuchillo. Se quedó impasible, negándose a reaccionar como acostumbraba. Poco a poco, la sonrisa de ella se fue desvaneciendo.

–¿Pasa algo? –preguntó con preocupación–. ¿Clara...?

–Mi madre está perfectamente.

–¿Entonces...?

¿Cómo planteárselo? Le había prometido seguir casado con ella hasta el día de su cumpleaños. El mero hecho de que ella le hubiera mentido no era suficiente para que él rompiera su palabra. Pero las cosas no se iban a desarrollar según lo previsto.

–Creo que deberías volver a instalarte en el apartamento de mi madre.

–Pero... ¿por qué? –preguntó ella, confusa–. Se encuentra bien y...

–Ella está bien. Esto no tiene nada que ver con ella, sino contigo y conmigo.

Ella volvió a sonreír y trató de acercarse a él, pero Mike saltó hacia atrás.

–Mike, ¿qué pasa? –preguntó, preocupada.

–¿Pensabas que no iba a enterarme?

–¿A enterarte de qué? –su confusión sonaba genuina, era una mentirosa experta.

–Todo esto ha sido un montaje, ¿no? Desde el mismo momento en que pusiste el pie en La Jolie lo único que pretendías era atraparme. Te has burlado de mí.

–¿De qué diablos estás hablando?

Él lanzó una imprecación, incapaz de soportar su pretendida inocencia, y abandonó la habitación cerrando de un portazo.

–¿Mike? –Sherry lo había seguido, tal y como él había supuesto que haría–. No entiendo nada.

–¿De veras? ¿Por qué me pediste que me casara contigo?

–Ya lo sabes. Para evitar a Greeley.

–Ese hombre no ha dado señales de vida y dudo de que ni siquiera exista. Si tenía tanto empeño en casarse contigo, ¿por qué no ha aparecido?

–No lo sé. ¿Por qué estás tan enfadado?

–Porque no me gusta estar atrapado en un matrimonio con una mentirosa ávida de dinero.

Sherry lo miró aterrada, con los ojos como platos y las lágrimas desbordándose.

–¿Qué?

–Puedes abandonar la comedia ya. Sé la verdad. No sé si la idea es solo tuya o la has urdido junto a tu padre, pero me consta que te has dedicado a buscar millonarios disponibles para hacer un buen matrimonio. Y yo resulté elegido.

Ella lo miró, herida.

–¿Millonarios? Tú no eres...

–Soy el propietario del club. También soy el propietario de este edificio de apartamentos. Tengo más negocios que tú pares de zapatos. No finjas que no lo sabías. No finjas que esa no era la razón para querer casarte conmigo.

–Pero si yo no lo sabía –dijo ella llorando a mares.

«¿Se estaría equivocando?», se preguntó Mike. No. Imposible. Tenía la prueba en el bolsillo.

–Lo sabías. Me contaste una divertida historia sobre tu pretendida herencia, pero en realidad solo formaba parte del plan para atraparme, a mí y a mi dinero.

–No es verdad, Mike. A mí no me importa el dinero. Te quiero.

–¡Para de mentir! –exclamó él poniéndose furioso–. ¿Cómo esperas que me crea lo que dices cuando sé la verdad? –dijo sacando el papel para lanzárselo a Sherry.

Voló y cayó sobre el suelo. Sherry se inclinó para recogerlo, secándose las lágrimas.

–¿Qué es esto?

–Es un extracto bancario sobre los fondos de tu herencia.

–No lo entiendo. ¿Dónde está el saldo?

–Ahí. Una fila completa de ceros.

Ella palideció, se le doblaron las rodillas y se

dejó caer sobre el sofá. Su padre no podía haber sido capaz de hacer una cosa semejante. ¿O sí?

–¿Ha desaparecido todo?

–Todo. Pero eso ya lo sabías. Tu padre vació la cuenta hace ocho meses, con tu consentimiento, supongo.

–No queda nada... –repitió Sherry, anonadada y con la mirada perdida, tan ausente que Mike empezó a preocuparse.

Él quería creer sus mentiras y olvidarse de la verdad, pero si lo hacía el dolor sería más profundo cuando llegara el final.

Finalmente, Sherry se incorporó con piernas temblorosas.

–Nunca te he mentido, Mike, nunca. No sabía nada de esto. Tú sí me has mentido a mí. Y mi padre también –dijo con tono débil–. Mi error ha sido enamorarme de ti, no de tu dinero. Pero ese es mi problema, no el tuyo. Saldré adelante.

–¿Adónde piensa ir? ¿A casa de tus padres?

–Eso jamás.

–Vete a casa de mi madre. Quédate allí hasta que sepas qué es lo que vas a hacer. Le diré a Bruno que prepare tu finiquito. Supongo que no querrás seguir trabajando en La Jolie.

Ella asintió, dirigiéndose a hacia la puerta.

–Nunca te he mentido, Mike, nunca –repitió antes de salir.

Sherry esperó en casa de Clara a que Mike se fuera a trabajar para hacer la maleta, pero no le contó lo sucedido. Luego, fue al club a cobrar lo que se le debía. Bruno ya lo había preparado. Tendría que salir adelante con ese dinero, buscar otro trabajo, quizá en otra ciudad. Finalmente tomó el coche para alejarse de su desgracia.

Al día siguiente, Mike fue a ver a su madre, sin saber si Sherry se encontraría allí todavía.

–¿Ha salido Sherry?

–¿Debería estar aquí?

–¿No ha pasado la noche contigo?

–No, estuvo un rato, pero se marchó. ¿Qué pasa?

–Ya te lo explicaré.

–¿Qué demonios has hecho, Mike Thomas Scott?

–¿Yo? Lo único que he hecho ha sido descubrir la verdad. Todo era un fraude. No tiene un céntimo, madre. Iba detrás de mi dinero.

–¿De veras? ¿De veras piensas eso con total honestidad?

–Sí.

–¿Entonces por qué te importa dónde pueda estar?

–No me importa.

Durante las siguientes semanas pudo darse cuenta de que sí le importaba. Bruno le había dicho que cuando había ido a cobrar su sueldo parecía sonriente, aunque con síntomas de haber llorado. Ella se había llevado el coche y todas sus cosas habían desaparecido del apartamento. Solo había dejado el anillo de casada en un sobre encima de la mesa de la cocina. Pero su rastro permanecía en el aire y su aroma se dejaba sentir por más que abriera las ventanas. La echaba de menos. La odiaba. La amaba. Deseaba no haberla conocido nunca. Y también deseaba que entrara por la puerta y no volviera a marcharse jamás.

Había intentado muchas veces olvidar los detalles de su convivencia, su risa, sus ojos... pero no lo había conseguido. Al cabo de un mes, se sentía mejor, más aliviado y durmiendo algunos días sin soñar con ella. Y entonces llegó la carta con los papeles del divorcio, firmados por Sherry Scott, en un sobre barato sin remite. No era un documento brillantemente redactado por un abogado, sino unas simples fotocopias recogidas de un manual de derecho civil. Sherry había rellenado cuidadosamente todos los datos y había escrito la palabra «ninguna» en la casilla que correspondía a pensión para la esposa.

Mike tomó una pluma estilográfica y sudó al acercarla a la línea de puntos que correspondía a su firma. No quería hacerlo. Le resultaba imposible. Además, podía ser que los papeles no fueran legales, tendría que hablar con su abogado. En realidad no sabía por qué no lo había hecho ya. «Porque estás enamorado de ella, idiota», se dijo. Mike se sintió furioso y empezó a pasear por la oficina tratando de calmarse. ¿Cómo podía seguir enamorado de ella después de lo que le había hecho? Podía ser una idea estúpida, pero si firmaba ese papel, sabía que algo importante moriría. Apretó los puños. ¿Se habría equivocado con ella? Sherry parecía haber estado a punto de desmayarse al enterarse de que no poseía un céntimo. ¿Había sido real? O bien le había mentido desde el principio, o bien había sido sincera. Dios Santo, ¿qué había hecho?

Sherry entró a la cocina y se apoyó sobre la pared. Su turno acababa de terminar, pero estaba demasiado cansada como para irse sin tomarse un respiro. Tenía por delante un largo camino a pie hasta su habitación, y los pies la estaban matando. Pero lo lograría.

Dos meses sin Mike. El trabajo como camarera de un complejo turístico en Orlando, incluidos los clientes desagradables y los críos llorando, era una minucia en comparación con la ausencia de él. Pero ya llevaba una semana sin acostarse llorando. Le había mandado los papeles del divorcio. Todo lo que él tenía que hacer era firmarlos y mandarlos al juzgado de Palm Beach. El trámite sería corto.

Con un suspiro, Sherry abrió la puerta del restaurante y salió. Una figura masculina entró en su campo de visión, asombrándola por el aspecto familiar que tenía. Hizo caso omiso. No podía ser Mike. Él había desaparecido de su vida. Además, le había mentido, convenciéndola de que era quien no era, y luego la había acusado de tramar un plan para cazarlo. Pensaba que no quería volver a verlo. Pero, como bien sabía, eso no era más que una mentira. Lo amaba y temía que fuera un amor de por vida, sin esperanza.

–¿Tienes la menor idea del infierno por el que me has hecho pasar?

Era la profunda voz de Mike. Se sintió trastornada. Él estaba en el camino, al lado de ella, con sus ojos grises brillando tormentosos, destacados por el sol de la tarde. Su expresión era tensa.

Incluso sabiendo lo que pensaba de ella, deseaba dejarse caer en sus brazos.

–Di algo –pidió él.

–¿Qué quieres que diga?

–No lo sé. «Hola, Mike». «Adiós, Mike». «Vete el infierno, Mike». Algo.

–Hola, Mike –dijo ella con una tenue sonrisa. Él se acercó para acariciarle el pelo y ella se estremeció un instante–. Tienes buena pinta.

–¿Qué estás haciendo aquí?

–Trabajando.

–¿Dispones de unos minutos? Quiero hablar contigo.

Sherry se tragó su desazón.

–¿Sobre los papeles del divorcio?

–Sí.

–Podrías haberlos firmado en Palm Beach –dijo ella con la mirada perdida–. No tenías por qué venir a buscarme.

–Quería hacerlo. Y me ha costado semanas encontrarte. Cuando me enteré de que habías vendido el coche, pensé que te había perdido para siempre.

–Nada irreparable. Al fin y al cabo, me echaste de tu casa.

–Es más importante de lo que piensas. ¿Querrías cenar conmigo?

A ella le daba lo mismo. Ya era suficiente con resistirse a la tentación de arrojarse a sus brazos y pedirle perdón, aunque no había hecho nada malo.

–Acabo de terminar de trabajar y no me apetece volver a salir. ¿No podemos hablar aquí mismo? –dijo con un ademán que abarcaba los árboles y las flores del jardín.

–De acuerdo. Ahí hay un banco. Vamos –dijo él, agarrándola del brazo.

–¿Cómo está tu madre? –preguntó Sherry una vez sentados–. ¿La has convencido para que se ponga el marcapasos?

–Se lo van a instalar la semana que viene. A ella le gustaría verte.

–Puede que vaya. ¿Tienes un bolígrafo?

–¿Qué?

–¿Dónde están los papeles del divorcio?

–Los he roto en mil pedazos.

–Pero si yo ya los había firmado –se quejó Sherry–. Supongo que quieres que sea tu abogado el que lleve el asunto para no perder dinero.

–No me importa el dinero. Nunca me ha importado.

–Ya, y por eso me echaste de casa en cuanto descubriste que yo no tenía –contestó ella, mordaz.

–Supongo que me merezco tus palabras –dijo él con dolor en los ojos–. Maldita sea, qué lío.

–Mike, ¿por qué has venido? ¿Has traído los papeles?

–No.

–¿Por qué no?

–No quiero divorciarme, Sherry. Quiero que vuelvas conmigo a casa, que seas mi esposa. No puedo verte sufrir.

Ah, eso era, simple culpabilidad por haberla dejado en la calle.

–Estoy bien, Mike. Puede que no esté en el mismo ambiente en el que he nacido, pero tengo lo suficiente para vivir. Voy a hacer un curso de gestión la semana que viene y tendré un puesto de mayor responsabilidad. No necesito que vengas a rescatarme, sé cuidarme sola.

–Demonios, eso ya lo sé. No he venido a eso. Quiero que me rescates tú a mí –dijo él poniéndose de rodillas y besándole la mano.

–Mike, ¿qué haces? Levántate.

–Soy incapaz. No puedo vivir sin ti. Dijiste que me amabas. ¿Era verdad?

Una lágrimas calientes nublaron los ojos de Sherry, derramándose finalmente. Tenía miedo de hablar y de concebir esperanzas. Pero se rehizo, ya era una mujer fuerte capaz de tomar decisiones. Le tomó el rostro entre las manos para admirar sus hermosos ojos grises.

–Nunca te he mentido, Mike. Nunca.

–Yo sí te mentí. Lo siento. Yo…

–Lo comprendo. No pasa nada. Siempre que no vuelvas a hacerlo.

–Jamás.

–¿Realmente quieres seguir casado conmigo?

–Por Dios, claro que sí.

–¿Por qué? –necesitaba oírlo.

–Ambos sabemos que me he portado como un

idiota –dijo él con la mejor de sus sonrisas–. Sherry Eloise Nyland Scott, te amo con todo mi corazón. ¿Me harías el honor de ser mi esposa? –dijo, metiéndose la mano en los pantalones para sacar el anillo de boda–. Te pido mucho, quiero que nuestro amor sea eterno, hasta que la muerte nos separe. Quiero hijos. Lo quiero todo. De ti, Sherry. Solo de ti. Porque te amo.

–¿De verdad?

–Dios Santo, ¿qué puedo hacer para convencerte? Ya estoy de rodillas –dijo él, poniéndole el anillo–. Y ahora, ¿te vienes conmigo a casa o voy a tener que llevarte a rastras? Porque no hay más opciones. Yo te amo y tú me amas. Y estamos casados.

Riendo entre lágrimas, Sherry se lanzó a sus brazos, haciéndolo girar sobre la hierba, cubriendo su rostro de besos.

–Gracias a Dios –murmuró él–. Me has tenido muy preocupado.

Una voz los interrumpió. Un hombre de uniforme estaba de pie junto a ellos.

–La confraternización entre empleados y clientes está estrictamente prohibida.

–Me parece estupendo, porque yo no soy un cliente, soy su marido –contestó Mike, poniéndose de pie mientras ayudaba a Sherry a hacer lo mismo.

–Y yo acabo de dejar de ser una empleada. Me voy a casa.